梓 林太郎

天城越え殺人事件

私立探偵・小仏太郎

実業之日本社

実業之日本社文庫

天城越え殺人事件／目次

天城越え殺人事件

私立探偵・小仏太郎

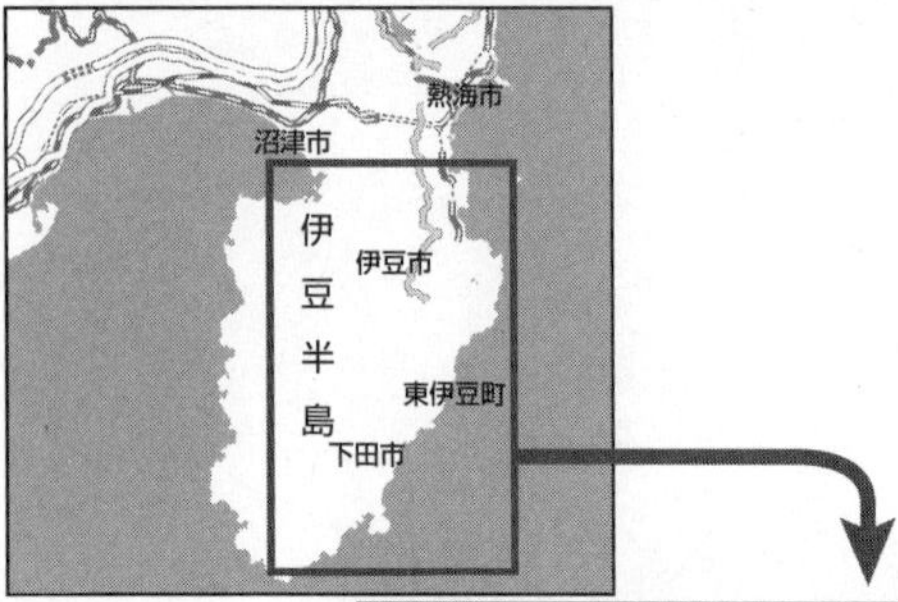
熱海市
沼津市
伊豆半島
伊豆市
東伊豆町
下田市

伊豆の国市
135
伊東線
修善寺温泉
修善寺駅
伊東駅
桂川
136
伊豆市
伊東市
136
湯ケ島
伊豆半島
天城山
浄蓮の滝
伊豆急行
旧天城トンネル
天城峠
相模灘
東伊豆町
河津七滝
七滝温泉
414
河津町
下田街道
下田市
135
伊豆急下田駅
南伊豆町
下田港

地図製作／ジェオ

第一章　修善寺温泉

1

近所の小料理屋・かめ家《や》の娘ゆう子《こ》が、エミコに会いにきた。二十二歳のゆう子は、亀有《かめあり》駅前交番勤務の上原《うえはら》巡査と親しくなった。彼女は週に一度は、自分がつくった昼食を上原巡査に届けにいくらしい。上原巡査は高校を出て警察に入って四年経ったというから、ゆう子とは同い歳ではないか。

小仏《こぼとけ》探偵事務所のドアをそっと開けたゆう子は、

「ちょっといいですか」

と、小仏にきいて、エミコのほうを向いた。

「どうぞ」

エミコは椅子を立った。ゆう子が小仏事務所を訪れるのは珍しい。

「ちょっとききたいことがあるの」

エミコはまた、「どうぞ」といって小首をかしげた。

レポートを書いていたイソがゆう子のほうを向くと、

「交番のひょろっとした巡査のことで、なにかあったんだろ」

と、よけいなことをいった。

「ちがうわよ」

ゆう子はイソをひとにらみすると、スリッパを履かず白い靴下の足で上がった。

「新しいメニューを考えなくちゃならないんだけど、いい案が浮かばないの。エミコさん、なにかないかしら」

急にそういわれても、とエミコは答えるかと思ったら、

「牡蠣《かき》の蒲焼《かばや》き丼はどうかしら」

といった。

ゆう子は目玉をくるりとまわすと、

「牡蠣にタレをつけて……」

と、串を持って焙《あぶ》る真似をした。

「黒はんぺんの蒲焼きをのせた丼も、いいんじゃないかしら」

「鰻《うなぎ》より安い」

イソはまたよけいなことをいった。

「やってみます。両方つくるから、お昼に食べにきて」

ゆう子はズックの踵《かかと》を踏んで出ていった。

小仏は、新聞を二紙読み終えるとソファから立ち上って、屈伸運動をした。イソがレポートを書き上げると小仏事務所には仕事がない。三月も十日をすぎたが、この分だと今年はろくな花見もできないだろう。

「でかい男が、そこで動いていると、気が散ってレポートが書けないよ。香取《かとり》神社へでもいって、仕事が入りますようにって、お願いしてきたら」

イソはボールペンで自分の頭を叩いた。

小仏は、香取神社へいくつもりはないが、靴を履いた。

と、小仏のデスクの電話が鳴った。

エミコが応じ、「替わります」といって、受話器を小仏に向けた。

「小仏太郎《たろう》さんですか」

相手は落着いた声の女性だった。

そうだと答えると女性は、

「修善寺《しゅぜんじ》温泉の赤糸《あかいと》の湯《ゆ》という旅館の女将でございます」

と、折り目正しい挨拶をして、小仏に相談があるといった。

小仏は話してくださいといって、椅子に腰掛けた。

「じつは、わたくしどもの旅館に一泊した女性が、ここで働きたいので雇ってもらえないかといいました。……従業員の一人がお産で休んでいるところへ、べつの一人の母親が病気になって、その看病で休んでしまったものですので、人手が足りず困っておりました。そういうところへ、雇って欲しいといわれましたので、少しは迷いましたけど、臨時ということにして、寮に入って働いてもらっています。旅館勤めは初めてということですが、わたくしたちのいうことをよくきいて、とてもよく働いてくれています。ですけど、客として泊まった人が、次の日に、ここで働きたいといった。なんだか深刻な事情でも抱えているのではと、疑いを持ったのでございます。可愛い顔をしたいい娘《こ》なので、どういう家の娘なのかを知っておいたほうがいいと思いました。それで、亀有にいる姉に電話で相談しましたところ、近所に小仏さんという探偵事務所があるので、相談してみたらといって、電話番号を教えてくれたのです」

要するに、客として一泊したが、次の日に、この旅館へ雇ってくれといった女性の素性を知りたいというのだった。

小仏は了解し、その女性の身元調べを受けることにした。

女将は、件《くだん》の女性がそれまで住んでいたところと、勤めていたところがあればそこはなんというところかをきいたといった。正式な履歴書を持ってきたわけではないので、コピー用紙に経歴などを書いてもらったという。

　電話を終えて五、六分経つとファックスが唸《うな》った。

「岩田《いわた》ユリ　二十六歳　住所・東京都足立《あだち》区西綾瀬《にしあやせ》四丁目　経歴・東綾瀬川高校卒業

荒川《あらかわ》区の画草舎《がそうしゃ》勤務」

　件の女性の書いたものをそのまま送信してきたのだった。

　依頼者は、修善寺温泉赤糸の湯・平松季和子《ひらまつきわこ》。

　女将の話だと岩田ユリを雇ったのは三月五日だったというから、一週間経ったことになる。

　女将は岩田ユリの身元を詳しく知りたいというのだから、人柄や働きぶりを気に入ったにちがいない。

「画草舎って、きいたことがあるな」

　小仏は独りごちた。

「額縁をつくっている会社じゃないでしょうか」

　エミコがいった。

　そうだった。額縁製造と販売の大手だ。当然だが修理も手がけている。本店はたしか上野《うえの》だ。岩田ユリが勤めていた荒川区は工場ではないか。

「エミコは画草舎を、よく知っていたな」

小仏がパソコンの画面をにらんでいるエミコを見ながらいった。

「高校を出るとき、就職したい先のひとつに画草舎を選んだことがありました。佐渡《さど》には版画美術館がありますが、そこが額縁を頼んでいる先が画草舎でした。なので中学のときから会社の名を知っていましたし、そこにおさまる絵を想像しながら額縁をつくる仕事に、憧れたんです」

「なぜ画草舎に就職しなかったんだ」

「伯母に反対されたんです。二十歳までは新潟にいるようにって」

エミコは、佐渡・相川《あいかわ》の生まれ。両親は小さな旅館を経営していた。彼女が四歳のとき、母親は、旅館へ客としてきていた男と恋仲になり、駆け落ちした。父親は旅館をやっていく気力を失い、エミコを新潟市にいる母親の姉にあずけ、廃業した。

二十一歳になったエミコは、伯母の了解を得て母親の行方さがしに東京へやってきた。東京の親戚が、亀有駅前不動産。エミコの話をきいた不動産屋の三ツ木《みつぎ》は、探偵事務所を開設したばかりの小仏に、エミコの事情を話した。

小仏は、エミコの母親の行方をさがして歩き、住所をさがしあてて、彼女に報告した。報告をきいたエミコは実の母親のもとへ駆けつけるかと思ったが、『ありがとうございました』と小仏に頭を下げただけで、母親に会いにはいかなかった。エミコは三ツ木の世話で小仏探偵事務所の従業員となり、三年あまりを経過したが、母親に会いにはいっていないようである。

「いまでも、額縁づくりに憧れてるの」

イソがレポート書きの手を休めた。

「細い木材を買ってきて、削ったり、彫ったりしています」

「額縁が出来上がったら、黒く塗るといい」

小仏がエミコにいった。

「えっ、黒ですか」

「その額縁に、イソの写真をおさめてやれ」

「けっ。おれを殺すの」

イソは立ち上がった。

午後一時。かめ家のゆう子が電話をよこした。

牡蠣の蒲焼き丼と黒はんぺんの蒲焼き丼ができたので、三人で食べにきて、といった。

イソは、小仏より先に靴を履いた。

2

修善寺温泉赤糸の湯の平松季和子から依頼された岩田ユリの身元調べは、小仏がやることにして、まず住所をあたった。正確には岩田ユリの前住所だ。

そこは五階建てのマンションで、岩田ユリは三階の部屋で母親と二人暮らしをしていたことが、入居者にきいて分かった。

マンションの家主は、マンションの並びの門構えの家だった。その家では漆黒のレトリーバーを飼っていた。小仏は家主方の五十代の主婦に玄関の前で立ち話をしたのだが、黒い犬は一歩も動かず、ときどき小仏を見上げた。小仏は犬の頭を撫でてやりたかったが、お返しに手を噛《か》まれそうなのでやめにした。

「お母さんは左知子《さちこ》さんという名でした。お母さんもユリさんもお勤めでしたけど、左知子さんは半年くらい前から姿が見えなくなりました。ひょっとしたら病気でもと思ったものですからユリさんに、お母さんを見掛けないがときいたんです。するとユリさんは涙ぐんで、『ちょっと事情があって、別のところに住んでいます』といいました。なぜユリさんは涙ぐんだのか、お母さんはなぜ別居したのかをきくことができませんでした。ユリさんの顔を見たら、いいことではないのが分かりましたので、突っ込んでその理由をきくことができなかったんです」

主婦は白い頬に手をあてて話した。

「ユリさんは、なぜお母さんと二人暮らしだったんでしょうか」

「なぜお父さんがいないのかって、おっしゃりたいのでしょ」

「はい」

小仏は、手入れの行き届いていそうな主婦の顔に注目した。

「ずっと前にユリさんに、それとなくお父さんのことをききましたら、病気で亡くなったといいました」

十日ほど前だが、ユリは家主を訪ねて、遠方で働くことになったので、部屋を空けているが、もしかしたら部屋を解約することになるといった。遠方とはどこなのかと主婦がきくと、静岡県とだけ答えた。

「お母さんの別居と、ユリさんが遠方で働くことになった事情は、関係があるのではないかと思いましたけど、人さまの事情をほじくってきくわけにはいきませんので、わたしはユリさんに、『おからだに気をつけてね』としかいえませんでした」

マンションには二十世帯ほどが入居しているのに、主婦は岩田の娘の名を憶えていたし、親しそうだったので、その理由をきいた。

「左知子さんは信州の出身でした。十一月ごろになるとご実家なのかご親戚なのか、リンゴを送ってよこしたといって、左知子さんが沢山持ってきてくださったんです。それが縁で彼女が松本《まつもと》市の近くの生まれということを知りましたし、わたしのほうは、富山から送られてきた魚をお裾分けしました。それからは、ちょくちょく立ち話をするようになりました。左知子さんとわたしの立ち話に、ユリさんが加わったこともありました」

「左知子さんはどちらかへお勤めでしたか」

「会社員……。いえ、病院に勤めていたようでした」

「病院……。大きい病院でしょうか」

主婦は、小仏の素性をあらためて確かめるような目をしてから、マンションへ入居するさいの契約書に職業を書いてもらったといった。小仏は、それを見ていただきたいといった。

主婦は奥へ引っ込むとブルーの表紙のファイルを持って出てきた。

左知子の勤務先は千代田医科大学付属病院だった。

「看護師さんだったのでしょうか」

「毎日、決まった時間に出ていきましたので、看護師さんではなかったと思います」

主婦はそういってから左知子を、実年齢を疑うくらい若く見えたといった。

契約書には生年月日か年齢が記入されていそうなので、左知子の歳をきいた。

主婦はファイルを見直してから、左知子は現在四十九歳だと答えた。

「左知子さんは別居したなんて、いったいなにがあったんでしょう」

主婦はそういうと、契約書を見直した。

左知子には親しい男性ができたのではないか。その人と一緒に暮らすので、ユリとは別れたのではないか、と小仏は想像したが、それを口には出さなかった。

主婦に左知子のことをきかれるとユリは涙ぐんだという。母親が親しい男性のもとへ去っていったとはちがうような気がする。


荒川区東日暮里《ひがしにっぽり》の画草舎で、岩田ユリの勤務ぶりや、なぜ退職して修善寺温泉へいったのかをきくことにした。

画草舎の入口はガラスをはめた引き戸だった。いまどき珍しいと思いながらかなり古い木造二階建てを、小仏は一歩はなれた位置から眺めた。二階にもガラス戸が六枚並んでいた。入口の柱には社名の表札が出ているが、やっと読める程度にかすんでいる。

ガラス戸を開けると、そこは事務室のようだがだれもいなかった。奥のほうかそれとも二階からか、木材を挽《ひ》いているらしい小さな音がしていた。

小仏は奥へ向かって声を掛けた。すぐに女性の声がして、作業衣姿の若い女性が出てきた。二十歳ぐらいではと思われる頬の赤い娘だった。用件を告げると、「工場長を呼びますので」といって、電話を掛けた。

事務室にはデスクが六基向かい合っている。事務担当者が五、六人いるらしい。頬の赤い娘は小仏を応接室へ案内した。大型のソファが据えられた部屋の壁には高さ一メートルあまり幅二メートルほどの油絵が飾られていた。海辺の暗い風景だ。右手から黒ぐろとした岩山が突き出ていてそれの裾に電車が顔をのぞかせている。トンネルを抜け出てきたらしい。海は荒れていて、波がいくつかの岩に嚙みついて、それだけが白くて、音がきこえそうだ。空には灰色と黒い雲がわいていて、いましも雪が舞いそうだ。岩の上を黒い鳥が一羽飛んでいる。小仏は、越後か三陸の海を想像して、立ったまま絵を眺めていた。

「お待たせしました」

といって顎《あご》に髭《ひげ》をたくわえた工場長が入ってきた。五十半ばの顔の大きい男だ。名刺を交換した。追山《おいやま》という名字だった。珍しい名字だったので出身地をきいた。

「新潟の村上《むらかみ》です。小仏さんも珍しい。お名前はシンプルで憶えやすいし」

小仏は東京生まれで、親も東京の北西部の生まれだったと話した。

「きょうおうかがいしたのは、岩田ユリさんについてです」

小仏がいうと、追山は強くうなずいた。

「岩田ユリは、高校卒業と同時に当社に就職しました。彼女が入社した年は、大卒の男女と彼女の三人を採用しました。ユリに入社希望動機をききましたら、額縁をつくる仕事に憧れたといっていました。大卒の二人は美大出身です。現在二人は、古くなった額縁の修復を手がけています。ユリの入社後二年間は、木材を削るだけの作業でしたが、三年目からは組立てをやっていて、その間に彫刻を覚えて、最終的には注文を請けた額の製作を担当していました。当社の仕事に憧れていただけに、仕事熱心でした。一人前になってからは、上野の本店へいって、絵を持ち込んだお客さんの希望をきいたことが何度もありました。特にすぐれたセンスを持っているとは思えませんが、まちがいのない正確な仕事をする社員でした」

「岩田ユリさんは、自分では絵を描かなかったんですね」

「描いていたかどうか。彼女から描いているという話をきいたことはありません。彼女は、大家《たいか》の描いたもので、一番好きな絵といって、その絵の切り抜きを持っていました」

「どんな絵でしたか」

小仏は、乗り出すようにしてきいた。

「竹内栖鳳《たけうちせいほう》の『日稼《ひかせぎ》』です。一九一七年（大正六）に発表した作品で、日稼ぎ仕事をしている若い女性が仕事の合間に休憩をとりにきて、額の汗を前掛けで拭い、湯呑み茶碗を手にしている姿です。あどけない顔から十代だろうとみられています」

「切り抜きを持っているぐらいですから、その絵がよほど好きなんでしょうね」

「いまも持っているんじゃないでしょうか」

岩田ユリは画草舎に約八年勤務した。退職理由はなんだったかをきいた。

「お母さんが商売をはじめたので、それを手伝うといっていました」

小仏は首をかしげた。母の左知子は半年ほど前からいなくなった。マンションの家主は、どうしてかとユリにきいた。するとユリは、『ちょっと事情があって、べつのところに住んでいます』と答え、答えながら涙ぐんだという。

「お母さんは、どんな商売をはじめたのでしょうか」

「食料品を扱うとしかいいませんでした」

「それは事実でしょうか」

小仏は、追山の大きい顔の濃い眉を見てきいた。

「じつをいいますと、私がお母さんの商売のことをききましたら、ユリは俯《うつむ》いて、なんとなく答えにくそうだったのを憶えています。ですから私は、お母さんがはじめたのは食料品関係ではないのではと思ったものです」

「ユリさんは退職を何日も前に告げたんですね」

「当社の規定では、退職の場合、一か月前に申告となっていますが、ユリが申告したのは二週間前でした。規則違反だといいましたら、『すみません』と頭を下げただけでした」

追山はユリの態度を見て、なにか切迫した事情が生じたのではないかと感じたという。

小仏は、ユリの母が半年ほど前に別居していたことを追山には話さなかった。

岩田ユリは秘密を抱えた女だった。修善寺温泉の旅館の女将はユリを観察して、人にいえない事情を抱え込んでいる女ではとみたのだろう。それでユリの背景を知っておいたほうが賢明だと気付いたようだ。

ユリもだが、母親左知子にも謎を感じる。彼女は、半年ほど前に姿を消したというが、母娘がただ別居しただけではないだろう。

3

左知子の背景を知ることによって、ユリがなぜ修善寺温泉にとどまっているかが分かるかもしれなかった。

西綾瀬のマンションに入居するさいに家主に出した契約書に、左知子は、千代田医科大学病院勤務と書いていた。その事実を確認するため、小仏は電車を御茶ノ水《おちゃのみず》で降りた。神田川に架かる御茶の水橋を人の列にまじって渡ると十五、六階建てのビルの左側に真新しい高層ビルが天を衝いていた。それが千代田医科大学だ。外堀通りを越えて緩いスロープを登った。その突きあたりが大学病院である。

事務局はどこかを受付できくと、一階の左手奥だと教えられた。廊下で白衣姿の人や一目で患者だと分かる人びととすれちがった。女性の事務職員は白いシャツにグレーのベストが制服だと分かった。

黒い髪を後ろで束ねている若い女性職員に用件を告げると、ちょこんと頭を下げて背中を向けた。

すぐに丸いメガネを掛けた男が出てきたので、小仏はあらためて用件をいった。男は「どうぞ」といって小会議室に案内した。男は事務局次長だった。現在も勤めているか、あるいは退職した岩田左知子について勤務状態などを知りたいというと、調べてくるといって部屋を出ていった。

次長はすぐにもどってきて、

「岩田左知子は、約六年間、看護助手として勤務していましたが、去年の十月末に退職しました。詳しいことをお知りになりたければ、十階の脳神経外科へいらしてください。そこに神谷《かみや》という師長がいます」

小仏は十階のナースステーションで、「神谷さんにお会いしたい」と告げた。ナーステーションはガラス張りで広かった。白衣の二十人ほどの男女が出入りしていた。五、六人がパソコンの画面をにらんでいる。

「神谷ですが」

太っていて上背もある女性が奥から出てきた。五十歳ぐらいに見えた。

小仏は名刺を渡して用件をいった。

「岩田左知子はたしかに勤めていました」

神谷師長はそういってから、小仏を談話室へ案内した。

談話室にはテーブルがいくつも並んでいて、給湯器と冷蔵庫が据えられていた。窓ぎわの席で若い女性が独り本を読んでいた。

「岩田左知子さんがどうしたんですか」

師長は小仏の名刺を持ったままきいた。

「岩田さんは、半年ほど前、娘さんと住んでいたマンションからいなくなりました。娘さんと別居したのでしょうが、その理由を知りたいものですから」

「たしか綾瀬のマンションに住んでいるといってましたけど、別居の理由は知りません。……岩田さんは看護師のようにローテーションに組み込まれている職員ではありませんでした。月曜から金曜まで朝八時半から夕方の五時半までの勤務で、この病棟全体の雑務に就いていました。仕事は看護師の補佐で、ベッドをととのえたり、お風呂に入る患者さんに付添ったりで、お掃除以外のことをやっていました。看護師の制服は白ですが、助手はブルーです。丈夫な人だったようで欠勤はほとんどなかったと思います」

「実年齢より若く見える人だったそうですが」

「小仏さんは、どちらかできいてこられたんですね。岩田さんは、わたしと同じぐらいの歳でしたけど五つぐらいは若く見えました。それに器量よしで、うらやましいくらいでした」

「岩田さんとは個人的なお話をされたことがありましたか」

「娘さんが一人いるときいたことがありました。ご主人は何年も前に亡くなったということですけど、個人的なことや家庭の話をしたがらない人でした」

「娘さんの勤め先をおききになったことがありましたか」

師長は首を横に振り、岩田の娘は特殊な職業に就いていたのかときいた。

額縁をつくる会社に勤めていたというと、

「額縁ですか」

といって視線を天井に向けた。

小仏は彼女の表情の変化を見て、

「額縁に関心でもおありですか」

ときいた。

「わたしの二番目の娘が美大を出て、グラフィックデザインの事務所に勤めているんです。本人は絵を描いて暮らしていきたいようで、お休みの日は部屋に籠《こも》って油絵を描いています。主人もわたしも黙って見ていますけど、はたして画家になれるかどうか心配でなりません。……その娘が描いた絵を額縁屋さんに持っていって、額装をしてもらいました。その額縁の値をきいてびっくりした主人が、『絵より額縁のほうが高値だ』といって、娘をくさらせました」

小仏は、描いた娘が額に収めたくなった絵に興味を持ったので、どんな絵かときいた。

「電線にとまっている雀《すずめ》を見上げている猫の絵です」

「構図が面白いですね」

「そうですか。わたしは富士山でも描いてくれればと思っていますけど」

小仏は、師長に丁寧に礼をいってエレベーターに乗った。

事務所へもどったのは午後六時近く。

イソはソファに寝転んで週刊誌を見ていた。

小仏が入ってきたので、あわてて起き上がり、「早かったですね」といった。

「なにが早かったんだ」

「だって、母親の勤務先まで聞き込みにいくっていってたから、帰りは夜だろうと思ってました」

「おれがいないとおまえは、そこにひっくり返って、品の悪い週刊誌を見てるのか」

小仏はイソから週刊誌を取り上げると筒状にした。

「分かった、分かった」

イソは頭を抱えた。

エミコは、イソが書いたレポートをパソコンで打っている。ところどころ意味不明の文章や読めない文字があるので、彼にききただしていたことだろう。

目下、旅館は忙しい時間だろうと思ったが、赤糸の湯へ電話を入れた。若い女性の澄んだ声が応えた。女将を呼ぶと一分ほどして、「平松でございます」と、女性にしてはいくぶん太い声が応じた。

これからレポートを書くが、岩田母娘には不審な点がいくつかあるというと、女将は、

「レポートは要りませんので、小仏さんはこちらへおいでになって、分かったことを話してください。それから、ユリを直に見ていただきたいのです」

と、押しつけるようないいかたをした。

「承知しました。ではあした」

小仏は電話を切った。

「イソよ」

イソは自分の席から小仏を上目遣いで見ている。「あした、修善寺温泉へ連れていってやる」

「えっ。ほんとに……」

イソは小さい目を丸くして、修善寺温泉でなにを調べるのかときいた。

「旅館で働いている女性を観察するんだ。一人より二人で観察するほうが、依頼者はよろこぶと思う」

イソは、伊豆《いず》の修善寺から南には温泉場が三十か所はあるといって、温泉の名をいくつか挙げた。

「おまえは人の役に立たないことを知ってる男だが、なぜ伊豆の温泉にだけ詳しいんだ」

「何年か前に、伊豆長岡《ながおか》から下田《しもだ》まで歩いたことがあるんです。途中、雨に降られたので、湯ケ島《ゆがしま》温泉と七滝《ななだる》温泉に泊まりました」

「天城《あまぎ》越えだな。似合わないことをしたもんだ」

「ちぇっ。人の旅行にケチをつける」

「あしたも、修善寺温泉まで歩いていくといい」

「おれは歩けるけど、あしたじゅうには着けないよ」

「イソさんはなぜ天城越えをしたんですか」

エミコがイソのほうを向いた。

「ある小説を読んでたら、伊豆の山を歩いてみたくなってな」

「ある小説って、伊豆の踊子でしょ」

「ちがう」

イソは頭に手をやると窓に顔を向けた。

イソが小説を読んだとは珍しい。その小説を読んで、物語の舞台になっていたにちがいない場所を歩いてみたくなったという。歩きはじめてから雨に降られたからだろうが、伊豆長岡から下田までの間に何日かを要した。二つの駅をつなぐ鉄道はない。バスは通っているだろうが、それに乗らず、ひたすらなにかに取り憑《つ》かれたように歩いていたのではないか。


小仏は、岩田ユリの公簿を確認することを思いついた。身元確認調査の基本だ。いつも公簿確認を依頼している西条《さいじょう》法律事務所に電話した。女性職員が、

「あら、小仏さん、こんにちは。あ、こんばんはでした」

三十半ばで度の強いメガネを掛けている。彼女とは弁護士と一緒に食事をしたことがあるが、驚くほど酒が強い。ビールを一杯飲むと日本酒に切り替え、手酌で二合徳利をまたたく間に空にし、すぐに追加をオーダーした。自宅でも飲《や》っているのかと小仏がきいたら、首を横に振った。『この女は、酒を飲みだすと無口になる』と弁護士がいった。不機嫌ではないがほとんど口を利かない変わった上戸《じょうご》である。

小仏は彼女に、足立区西綾瀬の岩田左知子の住所を告げ、住所の移動を調べてもらいたいと頼んだ。その回答はあしたじゅうでいいとつけ加えた。

「小仏さんはお忙しいのでしょうね」

「いや。仕事が途切れそうになったところでした」

「きのう、うちの先生が、近ごろ小仏さんから連絡がないなっていってたんですよ」

小仏は、西条先生によろしく伝えてくれといって電話を切った。

4

イソと一緒に修善寺行きの特急列車の「踊り子」に乗った。約二時間の旅になる。

小仏は温かいお茶のボトルを二本買って、一本をイソの膝の上に置いた。

「おれはビールのほうがよかったんだけど」

「列車に乗るとすぐに酒を飲みたがるやつがいる。おまえがその一人だ。きょうは、遊びにいくんじゃないぞ」

「あっそうだった。旅館にいる女の子の働きぶりを観察するんだったね。なんとなく退屈な仕事のような気がするけど」

小仏は言葉を返さず、お茶を一口飲んだ。

列車は半分ほどが空席だったが、品川と横浜で乗る人がいて、八割がた埋まった。最近は新幹線に乗る機会が多いせいで、横浜を出てから大船《おおふな》、小田原《おだわら》、湯河原《ゆがわら》にとまる踊り子号は、まるで各駅停車のようで悠長な感じがした。

小仏もイソも、熱海《あたみ》あたりからひと眠りして、間もなく終点の修善寺に到着するというアナウンスをきいた。

「所長。腹がへりましたね」

「おまえは、目を開けてりゃ、なにか飲みたいし食いたくなるんだな」

「だって、そろそろ昼どきですよ」

午前十一時を少しすぎたところだ。乗客は一斉に荷物を持った。列車は定刻に修善寺に着いた。

「所長。うまいそば屋を知ってますから、そこへいきましょう」

赤糸の湯は駅から歩いて七、八分だときいていた。昼どきに訪ねると、女将は気を遣いそうだから昼食をすませていくことにした。

「なんでうまいそば屋を知ってるんだ」

「前にここを歩いたときに寄ったんです」

「伊豆長岡から歩いたといったが、一人旅だったのか」

「そう。独りで、スマホで地理を確かめながら」

「歩いて天城越えをしたっていうが、途中で旅館に泊まっているし、なんとなく余裕のある旅のようだ。金をしっかり持っていたのか」

「しっかりっていうと、大金みたいだけど、まあ、困らない程度は」

小仏がイソを調査員として雇ったのは四年前。それまでのイソは、現金輸送車を襲って金を奪うグループの見張り役をやっていた。当時、小仏は警視庁新宿署捜査一係の刑事で、ある凶悪事件を追っていた。その過程で物陰に隠れるような格好の男を何度か見掛けたので、その男の住所を確かめておいた。その男がイソだった。現金輸送車襲撃は失敗に終わり、三人の犯人は散り散りに逃走してしまい、検挙にはいたらなかった。

小仏は、深夜の交通事故をきっかけに警視庁を退職し、私立探偵に転職した。助手が必要になったとき、イソを思いついた。夜間、イソの住まいのアパートへ踏み込んだ。現金輸送車の見張り役をやっていたことをバラさないかわりに、『あしたからおれの助手をやれ』と、首を絞めた。イソは嫌がったがチンピラから足を洗うことができたのだ。

イソの本名は神磯十三《かみいそじゅうぞう》で、群馬県高崎《たかさき》市出身だ。なにやらありがたそうな名字だった。顔立ちにも風采にも似合わないので、「イソ」と呼ぶことにした。

「天城越えの旅に持って出た金は、きれいな金じゃなかったんだろ」

「なんてことを。汚い金なんて、持ったことはありませんよ」

「どうだか」

小仏はイソを横目でにらんだ。

イソのいううまいそば屋は、駅から歩いて七、八分の桂《かつら》川沿いだった。古民家のような造りで薄暗い。厚い板の席が六つあるが六つともテーブルの造りがちがっていた。カップルが二組入っていた。

ざるそばを頼んだ。そばは浅い樽《たる》に入っていて、生わさびが付いていた。

一口すすって、

「うん。これはうまい」

小仏は唸った。

イソも生わさびを摺《す》ってつゆに落とした。

「おまえがいままですすめた食いものは、うまいものはひとつもなかったが、ここのそばはうまい」

「珍しいね。所長がほめるなんて」

「贅沢《ぜいたく》な店を知っていた。歩いて天城越えをしたようなことをいったが、ところどころでタクシーにでも乗ったんじゃないのか」

「どうしておれを疑うようなことをいうの。折角のそばが不味《まず》くなる」

イソが音をたててそばをすすったところへ、小仏の電話が鳴った。西条法律事務所の女性所員からだった。

「岩田左知子について報告します」

彼女は事務的ないいかたをした。小仏はノートにペンを構えた。

「岩田左知子は四十九歳で、二十六歳の長女ユリと同居です。同人の本籍は静岡県下田市一丁目。五年前に熱海市昭和町から現住所へ移動。以上ですが、よろしいでしょうか」

小仏は首をかしげたが、礼をいって電話を切った。

岩田左知子とユリが住んでいた西綾瀬のマンションの家主は左知子を、長野県生まれだといっていた。毎年十一月ごろになると信州の実家か親戚からリンゴが送られてくる。家主はそれのお裾分けにあずかっていたということだった。

小仏は電話を切ったばかりの西条法律事務所へ電話して、岩田左知子の出生地を知りたいと依頼した。

そば屋の女性店員は、小仏とイソを観光客と見たのか「温泉マップ」というパンフレットをくれた。

「修善寺温泉は今から千二百年も前に弘法大師が発見した温泉で、湯どころ伊豆の名門です。鎌倉時代には源氏興亡の哀史を秘めた舞台になるほど、歴史があり、自然があり、また多くの文人墨客の足跡があります」とあって、達磨《だるま》山から眺める富士山は「日本一の展望地」としてあった。


旅館赤糸の湯も桂川沿いにあった。白い壁の三階建てが三つ並んでいる。その建物のあいだは黒い屋根でつながっている。玄関に通じる緩い坂道の左手には屋根のある足湯がほのかに湯気を立ちのぼらせていた。そこにはだれもいなかった。

小仏は、和風の古風な旅館を想像していたが、玄関の造りは和洋折衷のおもむきがあった。

和服姿の女将は、

「わざわざおそれいります」

と、揉み手をして小仏とイソを迎え、応接室へ通した。色白でやや肉づきがいい。五十を出たばかりといった歳格好だ。

二十歳そこそこではと思われる小柄な女性がお茶を運んできて、丁寧に頭を下げて出ていった。

小仏は、岩田ユリは高校卒業後、額縁の画草舎に就職し、工場で八年間勤めて退職した、と経歴を話した。

「真面目に勤め、人柄も信頼されていた社員でした」

「そこを辞めた理由は、なんでしたか」

女将はわずかに眉間を寄せてきいた。

「お母さんが商売をはじめたので、それを手伝うということでした」

「お母さんがはじめたのは、どんな商売だったんですか」

「食料品を扱うということでしたが、それを画草舎の工場長にきかれると、なんとなく答えにくそうだったそうです。……お母さんの左知子さんは、半年ぐらい前にユリさんと住んでいたマンションを出ていきました。つまり別居ですが、どこへ移ったのか、どんな事情があってなのかは分かりません」

「お母さんはそれまでなにをしていたのでしょうか」

「大学病院に看護助手として勤めていました。やはり真面目な人で、欠勤はほとんどなかったといわれています」

「気になるのは、お母さんの別居ですね。それから、お母さんが食料品を扱う商売をはじめたというのも、それをユリが手伝うというのも、嘘でしたね。ユリが住んでいたところは解約したんですか」

「まだです。家主には、しばらく留守にすることと、場合によっては解約すると伝えています」

女将は一瞬、眉間の皺を深くした。客として一泊した二十六歳の女性が、次の日に、ここで雇ってくれないかといったことを、あらためて振り返っているようだ。

女将は窓を指差し、いまにユリが渡り廊下を通るといった。小仏とイソは窓を向いた。渡り廊下を大きい袋をかついだ男が通った。若い女性が小走りに通過した。

「いまユリは、掃除係と一緒に、お客さんが出ていった部屋の片づけをしています。掃除係にききましたら、ユリは家事に慣れているらしくて、手際がいいということです」

きょうのユリはピンクのTシャツに白い綿パンツだという。

「ユリさんが大切にしているものを、画草舎の工場長にききました」

「なんでしょう」

女将は目を見開いた。

「竹内栖鳳の日稼という絵の切り抜きです」

「絵の切り抜きを……」

「それをいつも身につけているということです」

「日本画ですね」

女将は、画集があるので持ってくるといって応接室を出ていった。

小仏とイソは窓の外に注目した。渡り廊下を従業員と思われる女性がしょっちゅう通過した。そのうち重たそうな大きい籠を提げていく二人が映った。

「後ろの女の人、ピンクのTシャツですよ」

イソは窓ガラスに額をつけた。ピンクのTシャツの女性は髪をクリーム色のスカーフで隠していた。

女将は、分厚い画集を抱えてきてテーブルに置いた。表紙の「日本画」の文字は金色だ。

「竹内栖鳳」を開いた。一八六四年に生まれ、一九四二年に没したこの大家は、獅子、虎などの猛獣から、犬、猫、鶏などの小動物と雀や魚にいたるまでのさまざまな生きものを数多く描き、なかでも圧巻は「象図」とあった。ページを二つめくると「日稼」があった。縦二メートル十センチ、横八十八センチの絹地に描かれたもので、この絵は一時行方が知れなかったとある。少女と思われる人は髪に手拭いをかぶっている。黒い仕事着に蒼い着物で緑の帯を締め、湯呑み茶碗を持って、黒い前掛けで、額ににじんだ汗を拭っている。一九一七年（大正六）に発表された女性人物画の大作と謳《うた》われていた。

ユリは雑誌などに載ったこの絵に惹きつけられ、絵だけを切り抜いたのだろう。

応接室の窓を見ていると、また二人の女性が重そうな籠を提げてきて、渡り廊下でひと休みした。髪にスカーフを巻き、ピンクのTシャツの女性がユリだと女将がいった。

ユリは腰にはさんでいた手拭を引き抜くと、額と頬を拭った。彼女の身長は一六〇センチぐらいだろう。中肉で肌は白いほうだ。顔がこっちを向いた。いくぶん腫れぼったい目がやさしげで、頬から顎にかけての線は細い。

小仏は、彼女の顔立ちと身のこなしを頭に焼きつけた。

「どんな仕事をいいつけても、はい、はいって、いい返事をしています。ほかの者にきっと好かれると思います」

女将は目を細めた。

「女将さんは、彼女をただ観察しているだけでなく、なぜここで働く気になったのかを、おききになりましたか」

「きいていません。特別な事情があるのだとしたら、それは話さないような気がします。……小仏さんに調べていただいたところ、たとえば警察沙汰になるようなことをした人ではないようすで、安心いたしました」

小仏のポケットが小さく震えた。電話だ。西条法律事務所の女性職員からだった。

「岩田左知子の出生地が分かりました」

彼女は抑揚のない声で、「下田市武ガ浜《たけがはま》です。両親の名は徳造《とくぞう》、安江《やすえ》」

左知子は二十二歳で山本良直《やまもとよしなお》と婚姻したが岩田姓で通した。二十三歳でユリを出産。四十三歳のとき夫良直死亡――が同時に分かった。

左知子は、マンションの家主に長野県生まれといっていたし、秋には実家や親戚からリンゴが送られてきていた。彼女の両親は下田から信州へ移転したのだろうか。

5

小仏は、法律事務所からの電話の内容を女将に話した。下田生まれだった岩田左知子が、なぜ長野県生まれだと人に話していたのか。小仏からそれをきいた女将も首をかしげ、

「長野県生まれにしたい理由があるんでしょうか」

と、顔を曇らせた。

「あるいは、下田出身だということを人に知られたくない理由でも……」

小仏はノートのメモをにらんだ。

東京に住んでいた者が修善寺温泉へいって一泊した。これは妙なことではない。が次の日、この旅館で働きたいので雇って欲しいといった。こういう人は珍しい。赤糸の湯の女将は、こういう人に会ったのは初めてだといった。たまたま従業員に欠員が出たときだったので臨時雇いということで、寮に入れた。

岩田ユリのそうした過程と、下田生まれだがそれを隠しているような母親の事情は、関係があるのだろうか。

女将は、そろそろ遠方からの団体が到着するので、といって立ち上った。

「修禅寺でもご覧になって、ゆっくりお風呂にお入りください。お夕飯にはユリにお世話をさせますので……」

観察してもらいたいといって部屋を出ていった。

とすぐに、和服姿の女性がやってきて、今夜二人が宿泊する部屋へ案内するといった。彼女は小仏とイソの前を歩くが、客の足下に気を遣うように下を向いて磨き上げた廊下を奥へすすんだ。

案内された部屋は三階で、入口の格子戸の脇に「梅まつり」という札がかかっていた。上等な部屋にちがいないとは思ったが、ふすまを開けて驚いた。入ったところは和室だが、隣室があって、そこにはベッドが二つ並んでいた。窓辺から下をのぞくと足湯が見えた。緩い坂道を白髪頭のカップルが歩いていた。

「豪勢ですね、所長。こういう部屋をスイートっていうんでしょ」

　イソは部屋じゅうを見まわした。

「そうだろうな」

　案内した女性は笑いながら、飲み物は冷蔵庫に入っているのでご自由にといって出ていった。

「こんな部屋へ泊まるの、所長も初めてでしょ」

「初めてだ」

「一泊、いくらでしょうね」

「五、六万円じゃないか」

「うへぇ」

　女将にすすめられた修禅寺見学にいくことにした。

　歩いて七、八分だと教えられたので桂川沿いを歩いて赤い橋を渡った。

「女将さんがなぜ修禅寺へいってこいといったか、分かるか」

「分かんない。でかい寺なんでしょ」

「でかいかどうかは知らないけど、弘法大師空海の創建っていわれている古刹だからだ」

「弘法大師創建っていう寺は、あっちこっちにあるけど。ほんとかどうか」

「そういう意味ではこの寺も怪しいらしい。寺伝では空海の創建とされているが、空海の弟子の杲隣《ごうりん》、あるいは二世の開創《かいそう》という説もあるようだ」

修禅寺に着いた。参詣者が何人もいた。本堂は枝ぶりのいい松にはさまれ森林を背負っていた。階段も柱も棟も、ほどよく朽ちている。その軒下には仏像が並んでいた。さまざまな表情の仏像を熱心に見つめている若い女性がいた。この寺には源《みなもとの》頼朝《よりとも》の弟・範頼《のりより》が、二代将軍源頼家《よりいえ》に幽閉され、のちに謀殺されている。

「ここの境内には、頼家の墓があるらしい」

小仏はいったが、イソは返事をしなかった。彼は古刹の謂《いわ》れよりも、早く大風呂に浸ったあと、冷えたビールでも飲むのを待っているのではないか。

小仏は、丸い石を積んだ鐘楼を見上げた。その脇に永年の風雨に表情を失った石像が立っていて、台座の上に小銭が撒《ま》かれていた。

「なにを見てるの」

イソが袖を引くようないいかたをした。

「この石像は八百余年前に据えられたのかもしれない」

「所長は、ヘンなものに興味を持つんだね」

「ああ。おれはこういう世の移り変わりを見つづけていた石像に出会うと、動けなくなるんだ」

「じゃ、ずっとそこに立ってたら。おれは早く旅館で手足を伸ばしたい」

「じゃ、先に宿へもどれ」

「所長は……」

「付近を探索する」

小仏はふたたび桂川に沿って歩いた。十数分で竹林の小径《こみち》に着いた。そこには竹でつくった円形のベンチがあった。仰向けになって空を仰ぐのだという。嫌《いや》いやついてきたイソはベンチに仰向いた。そのまま寝入りそうな顔をしている。

赤糸の湯の窓には点々と灯《あか》りが点《つ》いていた。足湯には若い女性が三人浸って笑い声を立てていた。高級旅館には無縁の人たちのようだった。


露天風呂は二つあった。一つは白と黒の岩で囲まれ、一つは檜《ひのき》造りだ。小仏より一足先に檜造りの湯に浸ったイソは、タオルを頭にのせて歌をうたっていた。仕事でこの宿に泊まることになったことなどとうに忘れてしまっているようだ。

小仏が入っていくと、

「こんばんは。いい湯ですね」

まるで他人にいっているようだった。

小仏は黙ってイソに背中を向けた。イソは替え歌で小仏を皮肉っている。

竹垣をへだてて湯音がした。話し声もきこえた。女湯には幾人か入っているようだ。

夕食は一階の小座敷で摂ることになった。おしぼりを持ってきた和服のユリが、

「お世話をさせていただきますユリでございます」と、畳に手をついた。

人肌の酒を頼んだ。

突出しはホタテと京人参、とろろ明太子。すけそう鱈の腹子。酒と一緒に運んできたユリに、

「こちらには、長く勤めているんですか」

と、小仏が空を使ってきいた。

「いいえ。最近入ったばかりです。慣れていませんので」

頭を下げてから彼女は、小仏とイソを見比べるような目つきをした。

「いい旅館に勤めて、楽しいでしょ」

「はい。でも、まだ慣れておりませんので」

客との長話は禁じられているのか、料理を運ぶのでと断わって下がった。

「おっかない顔の所長がものをきくんで、彼女はおどおどしてるじゃない」

イソは手酌で飲っている。

「酒は一本だけにしておけ」

「子どもにいうようなことを、いわないでよ」

「仕事できていることを忘れるなということだ」

さざえのスモークと牛肉の朴葉《ほおば》焼きがうまかった。

酒は一本だけにしておけといったのに、イソは二本飲んだが、不満そうだった。食事のあともう一度風呂を浴びて、それから部屋で飲めというと、

「折角、うまい料理で飲んでいるのに、ごちゃごちゃと……」

すでに酔ってきたのだ。「所長は、さっさとメシを食って、おれの目の前から消えてくれないかな」

「この野郎、いまどこにいると思ってるんだ。おまえこそ、さっさとメシを食え」

「もうこれだ。折角修善寺温泉へ旅行にきてるのに」

小仏はユリに氷水をもらった。彼女が水のグラスを置いて去ると、小仏は立ち上がってイソの背中に氷水を流し込んだ。


朝食の席へ白いシャツに黒いズボンの女将が挨拶にやってきた。

小仏は、上等の部屋で寝ることができた礼を述べ、きょうは下田へいって、岩田左知子とユリがどういう暮らしをしていたかを調べることにしているといった。

「それでは、うちの車をお使いください」

客の送迎に使う車が一台空いているという。

じつは小仏は昨夜、修善寺へ車でこなかったのを後悔したのだった。

食事をすませて、コーヒーを飲んでいるところへ、ユリが挨拶にきた。彼女は車のキーを持って、ガレージへ案内するといった。きょうの小仏とイソは、彼女と母親のことを調べに下田へいくのだ。ユリはそれを知るはずはない。小仏は、なにかが隠されていそうな彼女の背中を追いながら、地階への階段を踏んだ。

「この車です」

ユリは黒い車を指差してキーをイソに渡した。

「えっ、すごい。こんな車に乗るの初めて」

光った車はレクサスだった。高級旅館が宿泊客を送迎するのだから、これぐらいの車は当然なのだろう。

ユリは、「お気をつけて」と頭を下げると小走りに去っていった。小仏たちをどういう客と見たのか分からないが、なにかをきかれるのを警戒しているような物腰に見えた。

イソはナビゲーターを操作していたが、岩田左知子の出生地の下田市武ガ浜は、伊豆急行下田駅の近くだといってから、釘付けになったようにナビから目をはなさなかった。

「どこをさがしてるんだ」

「懐かしい地名と温泉がいくつも」

何年か前に歩いたコースをイソはナビでなぞっているのだった。

「同じような名の温泉がいくつもあるだろう」

「そう。月ヶ瀬《つきがせ》温泉、湯ヶ島温泉、湯ヶ野《ゆがの》温泉」

それらはすべて山のなかだった、とイソはかつて歩いた道を振り返っていた。

第二章　天城越え

1

　ハンドルをにぎったイソは、「事務所のポンコツとは大ちがいだ」といって、修善寺温泉の街を抜けた。すぐに森林におおわれた山道になった。修善寺・天城湯ヶ島線で、狩野《かの》川に沿っている。三十分ほど走るとイソは車をとめた。

「前に歩いたときは、強い雨に遭ったんで、名所を見ていないんだよな」

　彼は独りごちると車を降りた。浄蓮《じょうれん》の滝を見るのだという。

「観光旅行じゃないんだぞ」

　小仏がいったが、イソはきこえなかったように薄暗い林のなかの小径《こみち》に消えた。しかたなく小仏もイソの後を追って細い坂道を下った。

　滝を見物してきた若いカップルとすれちがった。地面を打つような音に近づいた。

樹木のあいだに白い滝がのぞいた。

滝を見下ろす場所があった。岩壁の規則的な柱状の割れ目に白い瀑布は落ちていた。滝は風を起こして、両側の木の枝を揺すっていた。

森林にはさまれた道路はくねくねと曲がって、登り下りを繰り返した。伊豆の山には名の付いた滝がいくつもあるのを小仏は知っている。浄蓮の滝だけでは満足できないイソはこれから何度も車をとめそうな気がする。

国道414号沿いにはわさび棚が何か所もあって、旧天城トンネルに着いた。かつてイソはこの天城山隧道《ずいどう》を歩いて抜けたといって車をとめた。

［天城山隧道は天城湯ヶ島町と河津《かわづ》町をつなぐトンネルである。陸の孤島を嘆く南伊豆の人達の熱い思いによって、総工費十万三千十六円の巨費を投じて明治三十八（一九〇五）年に開通した］と案内板にあった。延長四百四十六メートルだという。

「所長はこのトンネルを歩いて抜けてください。おれは出口で待ってるから」

イソは小仏を車から降ろすと、置き去りにするように走り去った。

トンネル内には小さいライトが点《つ》いていた。ほかに歩いている人はいなかった。風が運び込んだ落葉が乾いた音をさせていた。

イソは車に寄りかかっていた。

「天城峠を越えた感想は」

イソは頬を笑わせている。

「長い洞穴をくぐっただけだ」

「ちぇっ、風情がないね。昔の人は、トンネルができる前は、この山の上の峠を、死にものぐるいで越えたんです。まっ平なトンネルを歩いていても、そういうことをちったあ想像しなくちゃ」

「おまえから、風情なんていう言葉はききたくない」

河津七滝《かわづななだる》を飛び越えた。突然ループ橋があらわれ、下田街道へ入った。


岩田左知子の出生地はすぐに分かった。そこでは左知子の母の安江が一人暮らしをしていた。安江は七十二歳である。

小仏は、まず安江に会って、左知子の消息をきくつもりだったが、隣家の主婦らしい女性を見かけたので声を掛けた。

「岩田安江さんのことを、ちょっとうかがいたいのですが」

というと主婦は、「どうぞなかへ入って」といって、玄関の戸を閉めた。

六十代だろうと思われる主婦は髪に白い筋が入っていた。

「あなたは、どういう方ですか」

主婦は瞳を光らせた。めったなことは話せないという顔をしている。

「安江さんの娘の左知子さんをご存じでしょうか」

「知っています。ここに住んでいたんですから」

「左知子さんは半年ほど前、東京・足立区のマンションを出ていきましたが、どこでなにをしているのか分かりません。彼女の現在のようすを知りたいという人から私は調査を依頼されました」

主婦は、小仏と彼の名刺を見比べると、

「左知子さんは、ここにはいません。どこへいったんでしょうね。器量よしのしっかりした人と思っていましたが」

主婦は、左知子に娘が一人いることと、何年も前に夫が死亡したことを知っているといってから、眉を寄せて顔を曇らせた。

「安江さんの夫の徳造さんは、五年前に六十代で亡くなっていますが、病気でしたか」

小仏は、主婦の表情に目を凝らした。

主婦は目を逸らすように横を向いた。どう話したものかを考えているようだ。すると徳造は病死ではなかったのか。

「徳造さんは、じつは事件に遭ったんですよ」

主婦の声は密やかになった。

「事件ですか」

　小仏は驚いて見せた。

「長くなりますので、どうぞお掛けください」

　主婦は小ぶりの座布団を出して上がり口をすすめた。小仏は頭を下げて腰掛けた。

「徳造さんは若いときは船に乗っていたそうです。遠洋へ出て二か月ぐらい帰ってこれなかったと、安江さんは話していました。四十代になってからでしょうか、陸《おか》に上がって建設会社に勤めるようになりました。一年中陽に焼けた赤黒い顔をした体格のいい人でした。朗らかで、下田のスナックで飲んでは、大きな声で歌うということでした」

　主婦は区切りをつけるように言葉を切ると、両手をすり合わせてから胸にあてた。

「徳造さんは、修善寺の工事現場で監督をしていたそうです。たしか冬でした。アパートの部屋で寝ていたところを、刺されたんです」

「刺された……」

　小仏は、主婦を見る目に力を込めた。

「亡くなったんです」

「殺人事件じゃないですか」

「そうなんです。テレビのニュースでもやりましたし、新聞にはアパートの写真が載りました」

「徳造さんは、修善寺にアパートを借りていたんですね」

「それが……」

主婦は唾を飲み込んだ。「女の人の部屋だったんです」

「女性の部屋といいますと……」

小仏にはおおよその見当がついたが、驚いたふりをした。

「女の人は、修善寺温泉のスナックに勤めていたので、夜は部屋にいなかったんです。徳造さんは毎晩かどうかは知りませんが、その女の人の部屋へ泊まっていたそうです」

「殺されていた徳造さんを見つけたのは……」

「その女の人だそうです。夜中に店から帰ってきたら、徳造さんは布団のなかで……」

主婦は、血を流して死んでいた徳造を見た瞬間の女性を想像してか、頬に両手をあてた。

「女性は、警察へ通報したでしょうね」

「そうだったと思います」

主婦は、通報したのがだれだったかを知らないのか、それとも忘れてしまったのか声を細くした。

「その女性は、警察で事情を聴かれたでしょうね」

「そうだったと思いますが……」

主婦は記憶に自信がなくなったらしく、首をかしげて考え顔をした。

「あ、そうそう、思い出しました。その女の人は、事件の何日かあと、どこかへいってしまったんです」

その女性は、事件現場となった自分の部屋に寝泊まりすることはできなかったのではないだろうか。

「どこかへいってしまったとおっしゃると……」

小仏は主婦の目をのぞいた。

「その後、居所が分かったかどうかは知りません」

新聞や週刊誌には事件の続報が載っただろうが、主婦の記憶に残るような内容ではなかったのではないか。事件は未解決だということだけを憶えている、と主婦はいった。

小仏は、主婦に礼をいって、いったん車にもどった。

イソは居眠りをしていた。

「おまえは、猫みたいだな」

「どういう意味」

「ものを食ってるとき以外は眠ってるっていうこと。近いうちに脳ミソが溶け出して、使いものにならなくなるだろうな」

「聞き込みがうまくいかなくて、おれに八つあたりしてるんだね」

「おれはたったいま、殺人事件をきいてきたんだ」

「えっ。岩田左知子が殺されていたとでも」

イソは細い目を見開いた。

小仏は腕を組んで、安江に直接会うべきかを考えたが、イソにはなにもいわずに車を降りた。イソは、三分と経たないうちにまた居眠りをはじめるだろう。

小仏は、「岩田」という小さな表札の下のインターホンに呼び掛けた。

「ちょっと待ってください」

嗄《しゃが》れ声がきこえてから二分ばかり経って、白髪頭の老女が玄関の戸を開けた。岩田安江だった。左知子の母で、ユリの祖母である。丸顔の額に太い横皺が這っている。夫を思いがけない事件で失った人だ。事件直後には警察から犯人についての心当たりなどを何度もきかれたにちがいないし、他人から白い目を向けられた人である。

小仏は姿勢を低くして、左知子がいまどこにいるかを尋ねた。

「書いたものを見ますので、待っててください」

安江は表情を変えずにいうと背中を向けた。隣家の主婦は、安江は丈夫そうだといっていたとおり背筋は伸びていた。

白と黒い毛の猫があくびをしてから廊下を横切った。

安江はノートを持ってきて、左知子の住所を読んだ。そこは足立区西綾瀬のマンションだった。そこに左知子は半年ほど前からいないのだ。小仏がそれをいうと、

「半年も前からいない……」

彼女は知らなかったと口を開けた。

「お孫さんのユリさんが独りで住んでいましたが……」

ユリは修善寺温泉の旅館に勤めているといいかけたが、小仏は言葉を呑み込んだ。

「左知子にも、ユリにも、二年ぐらい会っていません」

安江は寂しそうにいった。親子の情が薄らいでいきそうな気がしているのではないか。

小仏は、左知子の電話番号をきいた。

「教えられません」

彼女は急に目尻に変化をみせてノートを閉じた。

「どういうご用で左知子の住所や電話を知りたいのか分かりませんが、それぞれには

事情があるんです。これ以上はお答えできませんので……」

帰ってくれというのだった。声は嗄れているがからだは丈夫だし、気丈を保っているようだ。

考えてみれば身内のことを教えられないという安江の返事は当然だった。小仏は左知子の住所を知ったところで、なにをしようというのではなかった。ユリを雇った人から彼女の身辺事情を知りたいと依頼されたので、情報を集めているにすぎなかった。

小仏は、安江に謝るように頭を下げて玄関をまたいだ。その拍子にふと、徳造を刺し殺した犯人の黒い影が頭をよぎった。

左知子が勤めていた病院の同僚は、彼女の父が何者かに刺殺されたのを知らなかったろう。ユリが勤めていた画草舎の人たちは、彼女の祖父が奇禍に遭ったのを知らなかったにちがいない。

左知子は、住んでいたマンションの家主に、出身地は信州の松本の近くだと話していたという。下田の出身だということをひた隠しにしたかったからだろう。

2

図書館を見つけて、新聞の綴りを見ることにした。岩田徳造が殺されたのは五年前だということだったので、そのあたりをめくった。

あった。複数の新聞記事を要約するとこうなっていた。

――五年前の十二月七日の深夜、修善寺温泉のアパートに住む入沢保乃香《いりさわほのか》・二十六歳が一一〇番に、自宅アパートに帰ったら男性が布団のなかで血を流して死んでいる、と通報した。

ただちに大仁《おおひと》警察は主な署員を呼び寄せ彼女が告げたアパートへ駆けつけた。彼女は自宅から外へ出て震えていた。二部屋にキッチンの間取りの一室には布団が敷いてあり、枕が布団から飛び出していた。布団をめくると髪を短く刈った男が、シャツとズボンのまま仰向いていた。男の胸のあたりが出血のためにシャツは変色していた。一目で死亡しているのが分かった。遺体のそばに男の物と思われるジャンパーとコートが脱ぎ捨てたようになっていた。

入沢保乃香は、『もう部屋には入れない』といってわめいて、寒さのせいもあって真っ蒼な顔をして震えていたので、署へ連れていって寝《やす》ませることにした。

大仁署は、彼女の部屋で死亡していた男を殺されたものと断定した。刃物によって胸を刺され、そこからの出血が死因だった。

彼女の話で男は、下田市武ガ浜の岩田徳造・六十六歳だと分かった。岩田は修善寺の富士岡《ふじおか》建設の社員で、町内の道路工事現場で監督を務めていた。同社には寮があって岩田はそこに起居していたが、約一年前から修善寺温泉のスナック・湯花《ゆばな》に勤めている保乃香と親しくなり、週に一回は彼女の部屋へ泊まりにきていた。

事件当夜、岩田は湯花へ飲みにきて、午後十一時ごろ店を出ていった。彼が店を出ていくとき保乃香は岩田にアパートの鍵を渡した。彼はその鍵を使って、彼女の部屋へ入って寝ていたことが分かった。

岩田は酒に強いが、事件当夜はすでに他所で飲んで湯花へやってきた。ウイスキーの水割りを三、四杯飲むと、眠くなったといって、いつもうたう歌をうたわなかった。

岩田は四十五歳まで漁船に乗っていた。陸《おか》に上がると富士岡建設に現場作業員として勤めた。彼の働きぶりを社長が認め、十年前から土木工事の現場監督を委《ゆだ》ねた。

自宅は下田市で、月のうち休日の二回ぐらいは帰宅した。帰宅しても夜は市内の行きつけのスナックでそこの常連客と飲んでいた。朗らかで鷹揚な性格が好かれ、彼と一緒に飲み食いする仲間は多かった。

徳造と同い歳の妻安江は、市場のなかで食料品を扱っている妹の店へ手伝いにいくことがあるが、普段は自宅で趣味の編み物をしている。

警察は、事件当夜のアリバイを安江にきいた。彼女は、『いつもどおり家にいて、夜は十一時に寝床に入った』と答えた。普段の彼女は独り暮らしであるので、彼女のいうとおりだったかどうかを知る人はいなかった。

当然だが、事件当夜の保乃香のアリバイも確認した。その日の湯花は、午前零時十分ごろ店を閉めたというが、それまで彼女が店にいたかを、店のママと二人のホステスにきいた。保乃香は閉店まで店にいたことが、ママとホステスと一人の客の話で確かめられた。

ママは岩田を、『ときどき三、四人を連れて飲みにきてくれますし、お金にはきれいだし、いいお客さんでした』といったし、『岩田さんが保乃香を気に入っているのは分かっていましたけど、彼女がまさか自分の部屋に泊めていたなんて』想像もしていなかったといった。ホステスのしのぶも、『保乃香さんと岩田さんが、そういう間柄だったとは知りませんでしたけど、あとから思うと、岩田さんは保乃香さんにとてもやさしかったんです。それを見てわたしは、ヤキモチというか、ちょっと羨ましいと思ったことが、何度かありました』といった。

捜査当局は富士岡建設の従業員にもあたっているが、岩田徳造に恨みを抱いていそうな人物は浮上していない。

小仏は車にもどった。イソは後部座席でアイスクリームをすくっていた。小仏が乗り込むと嫌いや運転席へ移った。

「所長の目つきが変わってきた。殺人事件を知ったんで、うれしいんでしょ」

「馬鹿野郎。一課の刑事をやったことのある人間は、殺人をきいただけで、耳をふさぎたくなるものなんだ」

「そうなの。おれが見てるかぎり、殺人事件を調べるときの所長の目は、いきいきして、まるで楽しんでいるようなんだけど」

「おまえの目は、腐った魚みたいだが」

「けっ。ひどい」

「修善寺温泉へもどる。早く車を出せ」

イソは匙《さじ》をくわえたまま発進させた。

「下田で見たいところが、いくつもあるのに」

イソは小さい声で愚痴をいったが、小仏は図書館で取ったメモを読み直した。

十分か二十分、目を瞑《つむ》っていた。修善寺温泉へもどってどこのだれにあたるかを考えているうちに、伊豆の山々は暮れていった。国道を遡《さかのぼ》っていると山あいにぽつりぽつりと灯《あか》りがあった。温泉宿にちがいなかった。

ハンドルをにぎっているイソは、「腹がへった」とか、「早く首まで温泉に浸りたい」などといった。小仏は無言で、ときどき目を瞑った。

「今夜は、なにを食おうかな。刺し身は飽きた。肉を食いたい。ねえ所長。今夜は三百グラムくらいの厚いステーキにしませんか。ホタテとエビを焼くのもいいな。……

そういえば伊豆のどこかに、イノシシの肉を食わせる店があるって、きいたことがある。ちょっと検索してみようか」

「さがさなくていい。いまのおまえは安全運転だけを心がけていろ」

「ちぇっ。夢も希望もない。所長は毎日が楽しくないでしょ」

「おまえは、楽しいのか」

「この世に小仏太郎さえいなかったら、おれの目に映る世界はバラ色なのに」

「おれはおまえの面《つら》を見るたびに、快晴の空の下の富士に出会ったような気分になる」

「ほんとに……。嘘でしょ」

「ほんとだ」

「なんだか気持ちが悪いんだけど」

イソは前方をにらんだまま、図書館でなにが分かったかをきいた。

小仏は、岩田徳造が殺害された事件の全容をざっと話した。

「徳造は、保乃香からアパートの鍵をあずかって、それで彼女の部屋へ入ったけど、ドアを施錠しなかったのかな」

イソは、徳造がドアを施錠していれば犯人は部屋へ侵入できなかったはずだというのだった。

「そこが問題だな。保乃香は鍵を持っていただろう。徳造に渡したのはスペアだったにちがいない。彼女の部屋へ入った徳造は施錠しただろうな。施錠されていれば犯人は侵入できなかったはずだ。施錠されている部屋へ入ることができたのだとしたら、犯人は合鍵を持っていたことになる」

「犯人は、徳造が保乃香の部屋に入って、彼女が帰ってくるのを待っているのを知っていたし、合鍵を持っていた。そうだとしたら、犯人は保乃香にごく近い人間ということになりそうですよ。……それとも保乃香は鍵を一つしか持っていないので、アパートへ帰って部屋にいる徳造に開けさせるつもりだったのかも」

車は夜の天城峠を越え、浄蓮の滝を通過した。

「分かった」

イソは、くねくねと曲がる山道にハンドルを切っているが、徳造事件が頭からはなれないらしかった。

「徳造を襲った犯人は、徳造の知り合いだったんですよ、きっと」

「それは考えられる」

小仏は前方を見つめたままうなずいた。

「徳造は、知り合いを保乃香の部屋へ招《よ》んだんじゃないでしょうか」

「女の部屋へ招ぶというのは考えにくいが、もしそうだったとすると、ドアの鍵がどうだったかの問題は消えるな」

　捜査当局は、徳造が寝ているアパートのドアが施錠されていたかどうかについては詳しく調べたはずだ。

　事件は未解決。徳造および保乃香の身辺からは怪しい人間は浮上しなかったのか。何人かには嫌疑がかかったが、徳造が死亡した時間帯のアリバイが明確だったのか。


　修善寺温泉に帰り着いた。天候が変わるのか星空の下を黒い雲が東へと流れていた。駐車場に車を入れた。

　赤い提灯《ちょうちん》を見つけたので、

「ラーメンでも食うか」

　小仏がいうと、イソは足をぴたっととめた。

「今夜は、厚い肉を食いたいっていったでしょ」

「毎晩毎晩、そんな贅沢《ぜいたく》な」

「毎晩じゃないでしょ。朝から晩までコキ使ってるんだから、夕飯ぐらいまともなものを」

「ゆうべは旅館のコース料理を食ったじゃないか。いまおまえは、朝から晩までコキ使ってるなんて、人聞きの悪いことをいったが、おまえは仕事中を忘れてしょっちゅう居眠りこいてるじゃないか」

「休憩中だから、たまには目を瞑ることも。……夕食の時間なのに、なんで急にヘンな文句をいうの。……ラーメンでもそばでもいいから、早くなにか食わしてよ。労働者に食事をさせない、食事の時間も与えないのは、労働基準法違反なんだよ。そういう規則があるのを、知らないいんじゃないの」

「知らない。たとえそういう規則があったとしても、おまえにだけは適用されないだろう」

「な、なんという。まるでおれのことを人間扱いしてないみたいじゃ」

赤ちょうちんの前を通過すると、「伊豆修善寺の名物すし『いづ九』という看板を見つけたので、その店へ入った。カウンターのなかから複数の威勢のいい声が掛かった。カウンターにも小上がりにも客がいた。繁盛している店らしい。

小仏とイソは、カウンターで三人の板前と向かい合った。

「すしを食いたいんなら、そういえばいいのに。損な性分だよな。人に好かれないでしょ」

イソはそういって、酒を注文しそうになったが、

「これから仕事がある。すしだけにしろ」

小仏はまず、マグロとコハダとゲソのにぎりを頼んだ。

イソは同じものを注文してから、酒を一滴も飲まずにすしを食べるのは初めてだといった。

エミコにきいたことだが、亀有の「すし貞《さだ》」でイソは、にぎりを二十五個食べたという。

「これからやる仕事って、なになの」

「少しばかり酒を飲むことになりそうだ。仕事なんだから、赤い顔で入っていきたくない」

「分かった。保乃香っていう女が勤めていた店だね」

小仏は、坊主頭にねじり鉢巻きをした板前に湯花という店の場所を知っているかときいた。この店の裏側の通りのビルの二階だと教えられた。

3

スナック・湯花へ入った。カウンターの端の大ぶりの花瓶には白い百合と黄色の菊が活けられていた。カウンターのなかにはママと思われる五十歳ぐらいに見える白いブラウスの人と、三十代と思われる女性が二人いた。客はカウンターの隅に一人、ボックス席に二人組がいて、水色のドレスを着た女性が水割りをつくっていた。

小仏とイソがカウンターにとまると、ママが二人の前へきて、「いらっしゃいませ」とつくり笑いをした。ここは観光地だ。ママは一見客《いちげん》に慣れているはずだ。

「お客さんは、どちらにお泊まりですか」

ママはビールを注ぐときいた。

赤糸の湯だと小仏が答えると、

「まあ、高級なお宿に」

ママは、小仏とイソを品定めの目で見比べた。

小仏はビールを飲み干すと、ウイスキーの水割りにしてくれと頼んだ。ママの表情がいくぶんゆるんだ。小仏はママのグラスにビールを注ぐと、低声で、「保乃香さんはどっちですか」と、二人の女性をちらりと見てきいた。

「保乃香は、ずっと前に辞めました」

「そうでしたか。……しのぶさんは」

「いちばん奥の、オレンジ色の……。お客さん、なにかを調べにおいでになったんでは」

ママは力のこもった目をした。

「そうです」

「岩田さんの事件を……」

「そう」

「警察の方ですか」

ママはささやくような声できいた。

「私立探偵です」

小仏は名刺を渡した。

「五年も前の事件ですよ。いまごろ、どうして」

「未解決でしょ」

「犯人が捕まったという話はきいていません」

「ですから調べているんです」

「事件が起きたときは、警察に呼ばれたり、刑事さんがここへきて、いろいろきかれました」

ママは、他の客の耳を気にするように、カウンターの端へ視線を向けた。

「岩田徳造さんは、事件に遭う日、ここで飲んでいったんですね」

「どこかで飲んできたらしくて、ここへきたときは少し酔っていました」

「ここへは独りで」

「お独りでした」

「岩田さんが帰ったのは、保乃香さんの部屋でしたが、岩田さんと保乃香さんの間柄を、ママは知っていましたか」

「お客さんとホステスの店でのいい関係だとは知っていましたけど、部屋に泊めるほどの間柄だなんて、想像もしていませんでした」

「保乃香さんは、事件当日に、アパートの鍵を岩田さんに渡したのでしょうか」

「そのようです」

「合鍵を前から渡していたのではないんですね」

「岩田さんが泊まるたびにその都度、小さなリボンを付けたスペアキーを彼女が渡していたということです。事件のあと刑事さんからきいたことですけど、リボンの付いたスペアキーは、岩田さんのズボンのポケットに入っていたそうです」

するとが岩田はアパートのドアを施錠して、鍵をポケットに入れて寝床に入ったということなのか。その前に犯人は、岩田が保乃香の部屋に泊まることを知っていたのではないか。

「刑事さんも、岩田さんと保乃香の関係を知っていた者がいるはずといっていました。刑事さんはわたしに、二人の間柄を知っていただろうといいました。わたしはほんとうに知らなかったんです」

保乃香はなぜこの店を辞めたのかをきいた。

「事件が起きて、岩田さんとの間柄は世間に知られてしまいました。お客さんの一人を自分の部屋に泊めていたんですから、それは好奇な目で見られます。それが嫌だといって辞めたんですけど、この店もなんだか品が悪そうに思われるのも嫌なので、わたしも承知したんです。保乃香は気遣いのあるいい娘《こ》なんですけど」

　ママはしのぶを、小仏たちの前へ立たせた。

　小仏は彼女に、ほかの客に知られないように名刺を渡し、ききたいことがあるが、あしたの都合はどうかといった。

　彼女は午後五時までカフェに勤めている。湯花への出勤は午後七時半なのでその間なら会えるといった。

　彼女はいったんドレスの胸の奥へしまった小仏の名刺を摘まみ出して、あらためて見ていた。イソはカウンターへ両肘をついて水割りを飲んでいるが、一言も喋らないのがしのぶには不気味なのか、ちらちらと視線を投げていた。

「あなたは、保乃香さんがいまどこでどうしているか、知っていますか」

　小仏は、額に蒼い筋の浮いているしのぶにきいた。

「赤糸の湯の近くの『ボヌール』っていう店にいました。二年ぐらい会っていないので、いまもその店で働いているかどうか分かりません」

「五年前とは住所も変わったでしょうね」

「引っ越しましたけど、どこなのか知りません」

「あなたは、保乃香さんと岩田徳造さんの間柄を知っていたでしょうね」

小仏は決めつけるようなききかたをした。

「いいえ」

「保乃香さんとは仲よしだったようだし、個人的なことも話し合う仲だったんでしょ」

「特別仲よしというほどではありませんでした。個人的なことも、話し合ってはいなかったと思います。この店では保乃香さんのほうが先輩でしたので、わたしは彼女の話すことに合わせていました。ほんとうです。彼女とはそんなに親しくはなかったです」

保乃香と親しかったというと、彼女のことを突っ込んできかれるので、防波堤を立てたのではないか。

小仏は、水割りの追加を頼んでから、あしたの午後五時すぎに、赤糸の湯のラウンジで会いたいと、やや押しつけるようにいった。しのぶは小さく顎を引いた。ほんとうは断わりたいのではないかと思った。

湯花を出ると、三十代と思われる三人連れが喚《わめ》き、天に向かって吼《ほ》えるような声を立て、千鳥足で歩いていた。

ボヌールの電話番号が分かったので掛けた。男の歌声がした。保乃香を呼ぶとすぐに彼女に替わった。客だと思ったらしく声は明るかった。

「小仏太郎という者ですが、お会いしたいのですが、あしたの昼間のご都合はいかがですか」

「あのう、どういう方でしょうか」

「東京の探偵事務所の者です。あなたにどうしてもうかがいたいことがあるんです」

「探偵……。どんなことをでしょうか」

「電話では申し上げられません。それに長くなりますし」

「あした、東京からおいでになるのですか」

「修善寺温泉にいます。赤糸の湯に泊まっています。あすの昼間、何時ならお会いできますか」

保乃香はちょっと迷っているようだったが、午後三時でどうかといった。小仏は、赤糸の湯のラウンジで待っていると答えた。

イソは星空を仰いで口笛を吹いていた。


赤糸の湯へもどった。夜ふけのロビーにはだれもおらず静まり返っていた。ガードマンらしい紺の制服を着た男から部屋のキーを受け取った。

イソと一緒に二十四時間利用できる大浴場へいった。

からだを洗っていると、広いガラスの間仕切りの外に白いものが見えた。露天風呂に人がいるらしい。小仏とイソは前を隠して、岩で囲まれた露天風呂に沈もうとしたところ、岩に張りついたように老人が腰掛けていた。老人はタオルを頭にのせて、低い声で呪文のようなものを唱えている。小仏たちが入っていったことに気付いていないのか、姿勢を変えず口を動かしている。かなり高齢だ。八十代かあるいはもっと上かもしれない。足だけを湯に浸け、顎《あご》を突き出し、湯煙のなかで、なにか祈りをささげているのか、それとも、怨みのある者に禍《わざわい》が降りかかるようにと、希《こいねが》っているようでもある。

「もしもし」

イソが翁に話しかけた。何度か声を掛けると、「うるさい」と一喝された。翁は祈《き》禱《とう》の最中なのだ。イソは肩に首を埋めて湯に浸った。

翌朝、食事中の席へ洋服姿の女将がやってきた。小仏は、あとで大事な話がある、といってから、昨夜、露天風呂に独りで入って呪文のようなものを長ながと唱えていた老人のことを話すと、

「それは、わたしの父です。八十八歳ですが、体調のいい日は真夜中に露天風呂に入っています」

といって、笑った。

食事を終えて応接室で女将と向かい合った。

「岩田ユリさんのおじいさんは徳造さんという名で下田に住んでいましたが、五年前の冬の夜、修善寺温泉で何者かに刃物で刺されて亡くなりました」

「えっ、ユリのおじいさんが、五年前……。その事件の男の人はたしか、女性の部屋で刺されたのでは」

女将は胸を押さえて丸い目をした。

「そうです。湯花というスナックで働いていた女性の部屋で」

「そうでした。湯花という店の名を憶えています。殺された男の人が、ユリのおじいさんだったとは」

彼女は窓のほうを向いた。ユリはけさも、窓から見える渡り廊下を行き来しているはずである。

「その事件の犯人は、まだ挙がっていませんね」

「未解決です」

未解決のその事件と、ユリが修善寺温泉で働く気になったこととは無関係ではないのではと、女将は考えたようだ。

「おじいさんの事件と、ユリがここで働いていることは関係があるのかしら。そうだとしたら、ユリはいったいなにをしようとしているんでしょう」

女将は胸で拳《こぶし》をつくった。

「分かりません」

「関係がないはずはないと思います。ユリは客としてここへ一泊した次の日に、ここで働きたいといったんです。……もしかしたら、解決していないおじいさんの事件を調べるつもりじゃないかしら。それを調べるのに、ここは都合がいいのではないでしょうか」

ユリの母の左知子は半年ほど前にユリと別居した。どこに住んでいるのか住民登録を怠っているので、現住所をつかむことができないが、ユリが修善寺温泉で働く意志を持ったことと無関係ではないのかもしれない。母娘の行動が徳造の事件と関係しているのだとしたら、事件から五年経過した最近、なにが起こったのか、二人はなにかを知ったのか。

女将に電話が入った。彼女は椅子を立った。

「小仏さんには、ユリを観察するためにきていただいたのですから……」

ユリをしっかり見て、なにを考えているのかをさぐりなさい、といっているようだった。

4

入沢保乃香は午後三時きっかりに、小仏とイソが待っている赤糸の湯のラウンジにあらわれた。薄化粧の彼女はクリーム色のシャツの上にグレーの地のチェックのベストを重ねていた。身長は一六〇センチあまり。面長で目がやや細いが器量はいいほうだ。小仏は椅子を立って彼女を迎えたが、彼女は彼に近づくと丁寧に腰を折った。

「五年前は災難でしたね」

小仏は名刺を渡してから岩田徳造の事件のことをいった。彼女は眉間を寄せて小さくうなずいた。

「私たちは岩田さんの災難を知らずに下田へいって、事件を知りました。その事件とは関係のないことを調べていたんです。事件は未解決ですが、犯人かあるいは岩田さんの身辺について、なにか心あたりはありますか」

保乃香は目を伏せ、しばらくのあいだ黙っていたが、ちらりと小仏の顔に視線を投げて、

「小仏さんは、岩田さんの事件を調べていらっしゃるんですか」

と、小さな声できいた。

「私たちは警察ではないので、調べているわけじゃない。ですが事件には関心を持ちました。仕事の上でも個人的にも評判がよかったらしい岩田さんが、なぜ殺されたのかということと、刃物によって刺し殺すのなら屋外でもやれたのに、あなたの部屋を凶行現場にした。なんとなく、あなたに対しても恨みのある者の犯行のようですが、どうですか」

「事件のあと、警察でも同じことをいわれました。わたしはだれかに深い恨みをかっているとは思っていませんでしたけど、警察でいわれて、それまでの道のりを振り返りました」

「思いあたることとか、思いあたる人がいましたか」

「いいえ。思いつくことも、思いあたる人もいませんが、わたしには見えないところで恨んでいる人がいたのかもしれません」

「岩田さんについてはどうでしょうか」

「殺されるほどの恨みをかっている人にはみえませんでした。一緒に仕事をしている人を連れてたびたび飲みにきていましたし、朗らかで太っ腹の人だと思っていました。……警察では、犯人についての心あたりを繰り返しきかれましたけど、わたしには分かりませんでした」

彼女は、事件から五年経ち、当時のことを忘れようとつとめているところだったの

にと、小仏を恨むような表情をした。紅茶をオーダーして半分ほど飲んだだけで、

「わたしからは、もう事件のことはおききにならないで」

といって立ち上がった。

彼女は、恨まれている人に心あたりはないといったが、彼女が気づかないだけということもある、と小仏はいった。

保乃香は椅子を立ってから、拝むように手を合わせて考え顔をした。小仏にいいたいことを思いついて迷っているようでもあったが、頭を下げてラウンジを出ていった。

小仏は、彼女が玄関を出るまで後ろ姿を見つめていた。

「いい女ですね。穏やかそうだし。飲み屋には彼女を好きになった客は何人もいたんじゃないでしょうか。三十一歳だから、これまでに結婚を考えたことがあるでしょうね」

イソも保乃香の背中を見送っていたらしい。

湯花のしのぶは午後六時にラウンジへやってきた。ロビーとラウンジのあいだには池があって、錦鯉が泳いでいる。彼女は金色や赤の鯉を立ちどまって見てから小さい橋を渡ってきた。眉を長く描いた彼女は黒いセーターの胸に銀色の羽根を飾っていたし、水色のイヤリングを吊っていた。数時間前に会った保乃香よりずっとおしゃれだ

った。

小仏は、さっきここで保乃香に会ったと話した。

「保乃香さん、元気でしたか」

「元気そうでした。おとなしい人ですね」

「そう。わたしとちがっておしとやかです」

しのぶは、保乃香になにをきいたのかと小仏に丸い目を向けた。

「岩田徳造さん殺しの犯人に、心あたりはないかとききました。心あたりがあれば、犯人はとっくに捕まっていますが」

「五年も経って捕まらないのですから、分からずじまいになるんじゃないでしょうか。……小仏さんは、岩田さんの事件を調べているんですか」

「警察が捜査して分からないことを、私が調べて犯人にたどり着けるわけがないでしょうが、事件には関心を持っています」

「どんな点にですか」

彼女も関心があるらしく、まばたきをして小仏の表情をうかがう目をした。

「岩田徳造さんは、週に一度ぐらいのわりで保乃香さんの部屋に泊まっていたらしいが、アパートの鍵は彼女からあずかっていたんでしょうか」

「岩田さんは店にきて、保乃香さんにそっと、今夜は泊まるといったんでしょうね。

それをきいて彼女は、鍵を渡していたということです」

「あなたはそれを、保乃香さんからきいたんですか」

「刑事さんにききました」

「岩田さんは保乃香さんより先にアパートへいっている。岩田さんは施錠しているでしょうから、インターホンで彼を起こしたんでしょうか」

「保乃香さんは、鍵を二つ持っていたんです。岩田さんが泊まるといったとき、その都度、スペアキーを渡していたそうです」

「あなたは、それを見たことがありますか」

「いいえ。わたしは、保乃香さんと岩田さんがそんな深い関係だったなんて、知りませんでした。……岩田さんが亡くなっていたところが保乃香さんの部屋だったときいたときは、びっくりしました」

「アパートの鍵についてですが……」

小仏は話をもどした。鍵のことにこだわった。

「犯人は、眠っていた岩田さんを襲ったようですが、ドアは施錠されていなかったんでしょうか」

小仏はしのぶに、一緒に考えようというふうに話し掛けた。

「岩田さんは酔っていたので、鍵を掛け忘れたんだと思います」

「ある週刊誌の記事によると、保乃香さんが帰宅すると玄関ドアは施錠されていたそうです。それで彼女は部屋へ入って岩田さんの無惨な姿を発見して、通報した。つまり犯人は、犯行を終えてからドアを施錠して逃げた。……犯人は鍵を持っていた可能性があります。……鍵を持っていた犯人は、岩田さんが眠ったところを見計らって、閉まっていたドアを合鍵で開けて侵入したことになります」

しのぶは首をかしげた。犯人が他人の住まいの鍵を持っていたのだとしたら、それはどうしてかを考えているようだった。

「岩田さん以外に、保乃香さんに好意を抱いていそうな客はいましたか」

「いました。わたしが知っている限りでは岩田さん以外に二人。一人は彼女をあからさまに誘っていました」

「警察官は、あなたに同じ質問をしたと思いますが、保乃香さんに好意を持っていた客はだれとだれかを、答えましたか」

「知らないはずはないと、何回もきかれたので、答えました」

「警察は、あなたの教えた二人から事情をきいたでしょうね」

「きいたと思います」

「そのお客は、あとであなたになにかいいましたか」

「二人とも、ぴたりと店へこなくなりました。保乃香さんのいるボヌールへいっているかも」

岩田徳造を殺したのは湯花の客ではないのではないか、と小仏はいってみた。

「わたしもそう思っていますし、ママも湯花とは無関係だといっていました」

「保乃香さんには関係のある人間でしょうね」

「そうかもしれません。保乃香さんは個人的なことをほとんど話さないので、わたしは彼女の人間関係を知りません」

「仲よしということでしたが……」

「同じ店に勤めているので、仲よくしていただけです。保乃香さんは湯花を辞めてからは電話もメールもありません。彼女がボヌールに勤めているのは、お客さんからきいたんです」

「あなたのほうも保乃香さんに電話やメールをしていないんでしょ」

「していません。ときどき彼女のことを思い出しますけど、用事はありませんので」

岩田徳造を殺した犯人は、湯花の客でもないし、保乃香とも関係がなく、彼に恨みを抱いていた人間なのか。保乃香の部屋が凶行現場になったので、彼女との三角関係が想像されているだけかもしれない。

手がすいたら湯花へ飲みにいく、と小仏がいうと、しのぶは立ち上った。

「小仏さんは、修善寺温泉へなにかを調べにおいでになったんでしょうね」

といって小仏とイソを見下ろした。

「そう。奇妙な行動をした人がいて、その人の身辺を調べるためにここへきたんです」

「その調査は、おすみになったんですか」

「まだです」

「岩田さんの事件とは関係がないようですね」

「ありません」

しのぶは小仏の返事に納得したように首を動かしてから、軽くおじぎをした。

小仏がしのぶと話しているあいだ、イソは一言も口をさしはさまなかった。しのぶがどういう人間なのかを推し測っていたようだった。

「保乃香は、自分の住まいを凶行現場にされたので、犯人を恨んでいるようでしたが、しのぶはなんの被害も受けていない。警察官でもない所長に、岩田徳造の事件についてきかれると、協力的な答えかたをしていた。その事件に特別な関心を持っているようにみえたけど、考えすぎかな……」

イソは天井を向いて目を白黒させた。

5

小仏とイソがラウンジを出ようとしたとき、思いがけないことが起こった。数時間前にここで会った保乃香が、小仏に電話をよこしたのだ。

「先ほどお会いしたあと、ずっと考えていました。だれにも話していないわたしの個人的なことですけど、小仏さんにきいていただきたくなったんです。きょうでなくてもいいんです。お手すきのときで」

「いや、きょうのほうが……」

小仏は保乃香の呼吸をきくように一拍してからいった。

保乃香は自宅へもどっていたのか、それとも赤糸の湯の近くにいるのか、三十分後にもう一度、赤糸の湯のラウンジを訪ねるといった。

「あらためて小仏太郎に会いたくなった。珍しい人がいるもんだね、所長」

「おれ独りだとそういう気は起きなかったろうが、眠り猫みたいな顔のおまえがいたんで、話してみたくなったんだ。きっとそうだ」

「眠り猫か。まあいいや」

二人は椅子へ腰を下ろした。

保乃香が話したいのはどんな内容なのか、とイソはいって、水を飲んだ。

「岩田徳造殺しの事件について、思いあたることでもあるんじゃないか。さっきはいいづらかったが、あとで考えたら、話したほうがいいって思い付いたんだろう」

小仏とイソがコーヒーを飲み直していると、電話から三十分経たないうちに保乃香は、池に架かる橋を渡ってきた。服装はさっきと同じだった。

「すみません。勝手なことをいいまして」

彼女は、小仏とイソの顔を見てから頭を下げた。

スーツ姿の中年男が三人、植木の陰の席に腰掛けた。と、女将がやってきて挨拶した。三人に冗談でもいわれたらしく顔の前で手を振って、笑って、ラウンジを出ていった。三人は地元の人たちのようだ。

保乃香が紅茶を一口飲んだところで、小仏は彼女に話を促した。

「お話しします。わたしの個人的なことです」

彼女は、小仏の目に語りかけるように切り出した。

「わたしの生い立ちは、人とちがっています」

「生い立ち……」

小仏は、彼女を見る目に力を込めた。

「警察は、わたしの生い立ちを調べて、岩田さんの事件は、わたしの生い立ちに関係がありそうだとにらんでいるようなんです」

「あなたの生い立ちと、事件が……。そういうことはないと思いますが。……話してください」

「これは、母からきいたことです。……母は女の子を産んで半年後、目をはなしたすきに、その子がいなくなったということです」

女の子というのは保乃香のことか、それとも別人なのか。

「生後半年しか経っていない子なので、自力でどこかへいくはずがない。それで人に攫《さら》われたと判断したんです。さがす方法がないので、母はそのことを届けなかったそうです。人に赤ん坊はってきかれると、親戚にあずかってもらっていると答えていたということです」

母親は、情の薄い変わり者なのか。

「二年半後のことだったそうです。朝早く、部屋の戸を叩く音がきこえたので出てみると、そこに女の子が立っていたんです。母はその子を家のなかへ入れて、顔をまじまじと見ました。二年半前にいなくなったわが子なのか、判断に迷いました。なんとなくわが子でないような気もしましたが、ご飯を食べさせて、観察しました。三歳ぐらいではありますけど、ほとんど話をしません。名前をきくと、『ほのか』と答えました。自分が産んだ子の名は『保乃香』なのですから、その子がもどってきたのだと思うことにしたそうです」

「自分の子か、そうでないかを判定する方法はありますよ」

小仏は、つくり話のようなことを話す保乃香の白い額を見つめた。

「そういう方法があることを母は知っていましたが、しないことにして、修善寺から下田へ引っ越しました。人に子どものことをきかれたくなかったからです」

「お母さんは、いくつで出産したんですか」

「十七でした」

「結婚していなかったんですね」

「わたしは母の相手、つまりわたしの父親を知りません。母にきいたこともないし、見たこともなかったと思います」

「お母さんは、独り暮らしだったんですか」

「はい。修善寺駅の近くのアパートに独りで住んでいたそうです」

「なにか仕事をしていましたか」

「働きに出ていました。わたしは大きくなってから知ったのですが、母は十五歳のときから料理屋さんに勤めていたんです」

「お母さんは、現在四十代ですね」

「四十八です。いまは下田の料理屋さんに勤めています」

「お母さんは、結婚しなかったんですか」

「しませんでした」

保乃香は中学を卒業すると、母が勤めている料理屋で雇われた。

「中学の先生は、高校を出たほうが就職に有利だといいましたけど、勉強が好きでなかったし、クラスにはわたしに冷たくあたる生徒もいましたので、進学しないことにしました。学校が楽しくなかったので、早く学校からはなれたかったんです」

保乃香は六年前まで下田で母と暮らしていたが、修善寺温泉で働きたくなって、料理屋を辞めて転居したのだといった。

「下田にいるお母さんには、会いにいきますか」

「毎月、一回はいって、二人で温泉へいって、一晩泊まってきます」

「いい母娘じゃないですか」

「母とわたしは似ていません。他人でも一緒に住んでいると似てくるといいますけど、少しも似ていません。母の髪は真っ黒ですが、わたしの髪は茶がかっています。親子は爪のかたちが似ているって最近ききましたので、今度下田へいったら、母の爪をよく見ようと思います」

小仏は、彼女が母と呼んでいる人と彼女は実の母娘にちがいないと思った。幼いときの二年半行方不明だったという保乃香だが、どこで、だれに育てられていたのだろうか。

「あなたは、ご自分の生い立ちと岩田徳造さんの事件とは無関係ではないと、警察官からきいたんですね」

「はい。何回もわたしに会いにきた刑事さんが、話のあいだにつぶやくようにいったんです。わたしにとっては気になってしかたのない言葉でした」

「刑事がいったことを、お母さんに話しましたか」

「話していません。わたしは父親の分からない子です。そのことを母は気にしているにちがいないので、わたしは話すことができません。母を責めるような気がするものですから」

「そうですね。話さないほうがいいでしょう」

穏やかな関係がつづいている母娘なのだ。刑事からいわれたことを母親に質《ただ》したら、二人のあいだに波風が立つのではないか。

保乃香は、冷めた紅茶のカップに視線を落としている。いままで人に語らなかったことを小仏に話した。警察がつかんだという彼女の「生い立ち」を、小仏に調べて欲しいといっているようではないか。

小仏は、冷たくなったコーヒーを飲み干すと、母の秘密を知りたくなったのか、ときいた。

「母の秘密……」

保乃香は胸を押さえた。

「あなたの生い立ちというのは、お母さんの秘密でもあります。三十年あまり前のことを掘り起こしたりしないほうが。……もしかしたらお母さんは、あなたがいつ生い立ちに話を触れてくるんじゃないかと、冷や冷やしているのかもしれません。知っていても黙っている。それも愛情です。お母さんとはいい関係をずっとつづけなくてはいけません」

小仏がいうと、保乃香は伏し目がちだった顔を上げた。

「いま気付きましたけど、わたしはなんでも知りたがる質《たち》でした。中学のとき友だちに、いろんなことをなぜなぜってきく癖があったので、嫌われていました」

「知らないほうがいいことは、この世に沢山あります」

イソは顔が破裂したようなくしゃみをした。

それを合図ときいたように、保乃香はバッグを胸に押しあてて立ち上がった。くしゃみをしたイソを恨むような目をしてから、小仏に頭を下げて背中を向けた。

イソは腕組みすると、

「所長は正気かよ」

と、にらみつけた。

「なんだ。なにかいいたいのか」

「あの娘《こ》は、知りたいことを調べて欲しいので、所長に相談を持ちかけたんだよ。うちは私立探偵なんだから、人が知りたいことを請負って調べるのが商売じゃないの。それを、知らないほうがいいことは、この世に沢山、なんて、まるで仏さんに化けたようなことをいって。よくもあんな、歯の浮くようなことがいえるもんだって、おれは、あきれっぱなしだったのを我慢していた。……このままだと、今夜のメシは喉につかえそうだ」

　小仏は、まだなにかいいたそうなイソの鼻先へ伝票を突きつけると、椅子を立った。ロビーの池に架かった小さな橋の上から泳ぎまわっている錦鯉を見下ろした。たったいま去っていった保乃香が気にかけている「自分の生い立ち」を考えてみた。警察は、保乃香の生い立ちと岩田徳造殺しとは無関係ではないとにらんだのか。彼女は生後半年ぐらい経ったころ、何者かに連れ去られたようだ。十七歳だった母親の待子《まちこ》にとっては重大事だったはずだが、待子はそのことを警察なりに届け出なかったようだ。なぜなのか。子どもの父親のことが知られるのを嫌ったからにちがいない。赤ん坊が連れ去られたのも事件だが、二年半後に女の子がアパートのドアを叩いていた。その子は「ほのか」と名乗ったので、連れ去られた保乃香だろうと待子は思い、育てたという。「ほのか」と名乗った子は二年半のあいだ、どこでだれに育てられていたのだろうか。

第三章　無人温泉

1

自分の生い立ちを知りたいといった保乃香に、深入りしないほうがと小仏はいって追い返すようにしたが、未解決の岩田徳造事件の発生原因か、遠因は、保乃香の過去に隠されているように思われた。

小仏は、岩田ユリの経歴を調べることと、赤糸の湯で働いている彼女を観察することを依頼されてこの修善寺温泉へきたのだが、思いがけない事件を知った。ここの近くのアパートで五年前の深夜殺害された岩田徳造は、ユリの祖父であった。

事件後五年もの歳月が経っているのだから、ユリが祖父の事件を調べるために修善寺温泉へやってきたとは思えない。それとも最近になって、事件か犯人に関する情報でも耳に入れたのか。

小仏は、ユリと直接関係のないことを調べるために、赤糸の湯に滞在しているわけにはいかないので、女将に会い、ある人の身辺を洗ってみたくなったと話した。

「小仏さんが調べたいというのは、ユリのおじいさんの事件の関係者ですか」

女将は瞳を光らせた。

「徳造さんと親しかった女性の母親です」

「親しかった女性は、湯花というスナックで働いていた人ですね」

「いまは、ボヌールという店へ移っています」

「その女性のお母さんは、どこにいるんですか」

「下田市内に住んでいて、料理屋に勤めているということです」

「ユリとは直接関係はなさそうですね。その人のことを調べるので、ここを宿にするのが居づらくなったとでもおっしゃるのでは……」

女将は片方の頰をわずかに動かした。

「はい。車まで拝借していますし」

「小仏さん。見かけによらず気が弱いのですね」

女将は両方の頰をゆるめた。薄く笑ったのだ。

見かけによらずとは、小仏の大きめの顔を指しているのか。

「ここへは、わたしが招《よ》んだのですから、宿も車のことも気になさらないでください。

そして、調べて分かったことを、話してください。……小仏さんとイソさんを見ていると、そのうち面白いことをきけそうなんです」

女将は帯のあいだからスマホを抜き出した。時間を確かめたようである。はっと息を吐き、「こんなことをしていられない」というふうに、応接室へ小仏を置き去りにした。

小仏は、西条法律事務所へ電話して、下田市在住の入沢待子の家族および住所の移動を調べてもらいたいと頼んだ。


翌朝、赤糸の湯のロビーで新聞を読んでいると小仏に西条事務所から電話があった。入沢待子の出生地は、山梨県中巨摩郡芦安村《なかこまぐんあしやす》だった。古くから山方《やまがた》と呼ばれる御勅使川《みだいがわ》上流の山村で、北岳《きただけ》や鳳凰山《ほうおうざん》や仙丈ヶ岳《せんじょうがたけ》などへの登山基地だ。

住所の移動でおおよその経歴が読めた。彼女が故郷の芦安村から修善寺へ移ったのは十五歳。十七歳で女の子を産み、二十歳のとき下田へ移っている。西条事務所は待子の戸籍も見てくれたが、産んだ子・保乃香の父親は空欄だった。

待子が修善寺をはなれたのは二十八年前だったが、それまで住んでいたところを小仏は訪ねてみた。

修善寺駅近くの小さなアパートで、待子は北の端の部屋に住んでいた。アパートの家主は待子を憶えていて、彼女が勤めていた料理屋を教えてくれた。そこはアパートから歩いて七、八分の「きく膳《ぜん》」という構えの大きい店だった。きく膳は五代つづいている店で、四代目の夫婦が待子を使っていたという。その池上《いけがみ》という夫婦は六十代後半だが、待子のことをよく覚えているといって、店の座敷へ小仏を招いた。

「あの子は人伝てで、山梨県の山奥からうちへやってきました。中学を出たばかりで、ろくに挨拶のしかたも知らないような娘《こ》でした」と、女将がいった。

待子には弟と妹がいた。両親はせまい畑しか持っていなかったことを、彼女をきく膳へ世話をした人からきいたという。待子は小学生のときから家事や弟妹の世話をしていたといわれ、家事についてだけは驚くほどものごとを知っていた。

待子は自転車に乗れなかった。自宅になかったからだったが、一日の練習で乗れるようになった。二、三度転んで怪我《けが》をしたが、店を休むほどではなかった。

店でははじめ食器洗いと野菜洗いをさせていたが、半年ほどすると野菜の皮むきや刻みをやらせた。自宅では母親に教えられたようだったが、野菜の皮むきの上手さには板前も舌を巻いた。客に出す簡単な煮物の要領はすぐに憶えた。

二年ほど経つと、もう店の調理場ではなくてはならない存在になった。その彼女をじっと見ていた女将は、十七歳の待子の異変に気づいた。物陰に呼んで、『ひょっとしたらおまえ、アレじゃないのか』と、背中をさすった。

待子は白状した。男に何度も抱かれたことを打ち明けた。

それをきくとすぐに少しはなれた医院へ連れていった。胎児は順調に育っているといわれた。医院からの帰り途で、『お腹の子をどうするか』と、女将は待子に問い掛けた。すると彼女は、『嫌です』と首を振った。女将に、堕《おろ》すのか、といわれたように受け取ったらしかった。

それからは日増しに胴まわりが大きくなり、調理場の若い男から、『待子は太った』といわれた。

もう隠せないと知った女将は、待子を休ませた。相手の男はだれかを、女将は待子に何度も尋ねた。が、待子は口をつぐんで答えなかった。大事なことなのだと説得したが、首を横に振るだけだった。

待子は、予定日より一か月近くも早く女の子を産んだ。

女将は待子の出産を山梨の実家に知らせるべきかを迷ったが、店の不行き届きが原因だったので、知らせないことにした。知らせたところで、待子の両親はどうすることもできなかったろうとも考えたのだった。待子も子を産んだことを家族には知らせなかったようだ。

彼女は赤ん坊に乳を与えながら、なにかを語り続けていたが、心細かったにちがいない。

女の子を産んだことを相手の男に伝えたかときいたが、伝えていないということだった。

子どもは「保乃香」と名付けて届けた。子の父親と話し合って名前を決めたのかときいたところ、待子は自分で考えて付けたといった。女将はアパートの家主に、待子の相手を見たことがあるかをきいたが、一度も見ていないという。子どもが生まれてからも、男は訪れていないようだった。

待子は出産後、四、五か月すると店の調理場を手伝うようになった。子どもは昼間だけ池上の知り合いにあずけた。待子はその家へ乳を与えに通っていた。保乃香は順調に成長していたある日、赤ん坊をあずかっていた女性が用足しのために目をはなしたスキに、神隠しに遭ったようにいなくなった。何者かに連れ去られたとしか考えられなかった。待子は乳を押さえて泣きとおしていた。が、十日も経つと、子どもがいなくなったことを忘れたように、朝早くからきく膳の調理場で働くようになった。保乃香のことを忘れるはずはなかったが、忘れようとつとめているようでもあった。

子どもを産んだ待子は、一皮むけたようにきれいになった。子どもが消えるという椿事《ちんじ》から一年ほど経った。調理場の若い板前が、待子と一緒になりたいと主人夫婦に話した。主人夫婦は待子に、板前の思いを伝えた。すると待子は、『すみません。断わってください』と返事した。どうしてか、ときくと、『一緒になりたくないというだけです』と、顔を伏せて答えた。

若い板前は、毎日待子を見ているのが辛いといって、店を辞めた。

食材を運んでくる商店の店員も待子を好きになり、商店の主人を通じて待子を嫁にしたいという縁談を持ちかけた。しかしそのはなしにも、待子は乗らなかった。

子どもがいなくなって二年半が過ぎ、待子は二十歳になった。桜がほころびはじめた春のある朝、部屋を叩く音をきいた待子は、『だれ』ドアの向こうへきいた。音は小さいが確実に、『なかへ入れてください』といっていた。ドアを開けると、白いセーターを着た女の子が立っていた。女の子のほかにだれもいなかった。『あんた、だれ』待子がきくと女の子は、『ほのか』と答えた。待子はのけ反るほど驚いた。部屋へ入れて子どもの顔をまじまじと見たが、自分が産んだ子とは似ていないように思われた。

ご飯を食べるかときくと、『食べたい』といった。

待子は、上手に箸を使う白いセーターの女の子を観察した。その子は髪を長くしていた。自分の髪は漆黒なのに、ほのかと名乗った女の子の髪は茶がかっていた。ほのかは行儀がよく、ご飯をきれいに食べると、食器を流しに運んでいった。

待子は、きく膳の女将をアパートへ呼んで、ほのかを見てもらった。女将は、ジュースのグラスを両手にはさんでいる女の子を、不思議な動物を見る目つきで眺めていたが、『保乃香なんだろうね』といった。女将はほのかに、どんなところで、どんな人と暮らしていたのかを繰り返しきいた。その結果、住んでいたのは川の近くで、『おかあさん』と一緒だったことが分かった。どうやらほのかは、一人の女性に育てられていたようだった。しかしいつまで経っても彼女がおかあさんと呼ぶ人はあらわれなかった。

待子はほのかを店へ連れていき、控えの間で遊ばせて、ちょくちょく観察した。ほのかは食器を重ねて遊んでいた。そのようすから、独りでいる時間が多いすごしかたをしていたようだと分かった。

夕飯は待子と一緒にきく膳で摂った。いつもどんな物を食べていたのかをきくと、『いろいろ』と答え、『おかあさんはご飯をつくるのが上手だった』といった。夕飯を食べ終えると、また食器を流しへと運んだ。おかあさんの躾《しつけ》にちがいなかった。

女の子は名前を「ほのか」と教えられていた。待子が付けたのは「保乃香」だった。生後半年の保乃香を連れ去ったのは、待子の身辺に通じていた人だろうと思われた。

ほのかと一緒に店から帰って、一緒に風呂に入った。自分が寝る布団にほのかを寝かせた。寝ついたらしいほのかだったが、目を瞑《つむ》ったまま、『おかあさん』といった。目をのぞくとうるんでいるように見えた。

五日経ち、一週間がすぎても、ほのかを連れもどしにくる人はあらわれなかった。

アパートの家主や隣人から待子は好奇の目を向けられていた。独身の十七歳で子どもを産んだが、半年後にはその子どもは攫《さら》われた。だが攫われた子が二年あまり経ってもどってきた。赤ん坊だった子を連れ去ったのも、三歳（？）になった子をもどしてよこしたのも、いたずらか、悪意のこもった人間のしわざだろうと隣人たちは見ているようだった。

待子は、ほのかと名乗った女の子を自分の子として育てる決心をして、きく膳を辞めることにした。修善寺からはなれた土地へいくことを決めた——

2

小仏は、赤糸の湯にもどると女将に、きく膳の女将からきいたことを話したいというと、彼女はにこりとして応接室へ袖を引いた。イソはラウンジに残した。

「妙なというか、不思議な話ですね」

何者かに連れ去られたにちがいない女の子が、二年半後に成長してもどってきたことを女将はいった。

「その女の子は、待子さんが付けたほのかを名乗ったんですから、彼女が産んだ子にちがいないと思いますよ」

女将は、面白い話をきいているというふうに笑顔でいって、「女の子を連れ去った人は、二年半も経って、なぜもどしにきたんでしょうね」

と、首をかしげた。

「育てていけない事情が生じたんじゃないでしょうか」

小仏も真実は分からないと首を曲げて見せた。

「女の子を連れ去ったのは、どういう人だと思いますか」

女将は、焦《じ》れるように上体を左右に揺らした。彼女は、毎日が順調で変化に乏しいので、刺激を欲しがっていたのではないか。

「まともに考えれば、女の子の父親でしょうね」

「女の子の父親の男性は結婚していた。奥さんは夫に待子さんという愛人がいることを知っていた。そして待子さんが子どもを産んだことを知った。自分には子どもがいないので待子さんの産んだ子を欲しくなった。それでスキを見て子どもを攫って育てていたということでしょうか」

「そうだと思います」

「子どもを産んだ待子さんのところへ、その男は訪ねてくるか、彼女とどこかで会っていたんでしょうか」

「会っていたと思います」

「会っていたとしたら、待子さんは、子どもがいなくなったことを男性に話したでしょうね」

「そうですね。話さないわけはありませんね」

「あ、分かった……」

女将は、着物の胸に手をやった。小仏と話しているのが面白くてしょうがないようだ。「待子さんが産んだ子の父親には、もう一人愛人がいたんです。その愛人にも子どもはいなかった。その人はなにかで待子さんが女の子を産んだことを知った。待子さんに対する意地悪と、子ども欲しさにほのかちゃんを攫ったんです。きっとそうだと思います」

女将は自分の推理に酔っているようだった。

生後半年で何者かに連れ去られ、そして二年半後に母親である待子のもとへもどるという数奇な経験をした保乃香だが、その後は母とともに修善寺から下田へ移って成長した。保乃香は学校嫌いだといって、中学を卒《お》えると、待子が勤めていた料理屋へ就職した。当然だが母娘は一緒に暮らしていたらしい。

二十五歳になった保乃香は、独立を志したらしく、母と別れて修善寺温泉に移り、独り暮らしをしてスナック・湯花で働きはじめた。その湯花へ岩田徳造はたびたび飲みにあらわれた。富士岡建設で現場監督をしている岩田は、同僚を伴ってくることも一再でなく、湯花にとっては上客だった。

その岩田は、保乃香に好意を抱いた。保乃香に会いたいので通っていたのだろう。保乃香のほうも年齢差はあるが岩田を好きになり、男の要求に応じるようになった。週に一度くらいのわりでアパートの自室に彼を泊めるようになった。結果的にはそれが仇《あだ》となり、岩田は保乃香の部屋で、彼女が店から帰ってくるのを待っている間に、何者かに侵入され、刺し殺された。

小仏が下田で五年前のこの事件を知ったとき、修善寺温泉の旅館・赤糸の湯に勤めているユリとの関係など想像もしなかった。ところがユリの公簿を照会して驚いた。女性の部屋で殺された岩田徳造はユリの祖父であった。

ユリは、修善寺温泉へ突如やってきて、突如そこで働きはじめた人である。岩田徳造が殺害された事件とは無関係とは思えない。ユリは密かに未解決の徳造の事件に眼《まなこ》を注いでいるのではないか。

もう一つ解せないことがある。東京の足立区で一緒に住んでいたユリの母・左知子の行方が知れなくなった。左知子は夫を病気で失って独身だった。病院に勤務していたが、そこを退職して、ユリと一緒に暮らしていたマンションから半年ほど前に出ていった。ユリが徳造の事件を調べるために修善寺温泉に腰を据えたのだとしたら、左知子の動向も徳造事件を調べることに関係しているのではないか。

保乃香は徳造事件のいわば被害者である。その彼女とユリは会っているだろうか。

「会っていそうな気がします」

女将は胸に手をあてたまま上半身を小仏のほうへ乗り出すような格好をした。

「ユリさんは、ここで働くようになって十日ほど経ちましたね」

小仏は、女将の薄く染めている髪に目をやった。きのうとは髪型がちがっていて、裾を内側にカールさせている。彼女は白くて長い指を折ってユリが働きはじめてからの日数を数え、十日以上経っているといった。

「その間に休みの日があったでしょうね」

「二日ありました」

二日の休みの一日は、東京へいったという。それまで住んでいた東京のマンションの解約と家財の整理をしてきた、と女将に報告した。

ユリは旅館の裏側にある寮に入っている。寮はアパート同様の造りで十六室。従業員は話し合いをして交替で休んでいる。休みの日の食事も調理場の隣の部屋で摂ることができるという。

「早番と遅番があります。早番の日は午後三時に退《ひ》けますので、スナックに勤めている人とも、午後に会うことが可能です」

女将は小仏に、ユリがなぜここで働くことにしたのかを直接きいてみたらどうかといった。

「徳造さんの事件に関することを調べているのだとしたら、それを正直に答えないでしょう。もしも答えたとしたら、こちらを辞めると思います。未解決事件を調べる気を起こしたのだとしたら、犯人に関する有力な情報を手に入れたのかもしれません。それは人に知られたくない情報なんじゃないでしょうか」

小仏はユリを観察はするが、徳造事件には触れる話はしないことにした。

「急ぐことはないので、ゆっくり調べてください」

女将は電話に呼ばれると、そういって応接室を出ていった。

急ぐことではないが、小仏はまるで住みついたようにいつまでもこの修善寺温泉にいるわけにはいかない。東京の事務所のことが気になり出したので、ロビーからエミコに電話を入れた。彼女は楽しいことが待っているような明るい声で応答した。

「こちらには仕事は入っていません。こちらのことは気になさらず、そちらの仕事をすすめてください。イソさんは元気そうですね」

「イソは相変わらず間抜け面をして、毎晩酒を飲むのだけを待っている能なしだ。元気そうだといったが、イソから電話があったのか」

「イソさんは、毎日電話をくれています。仕事のことばっかり考えている所長の健康を気にしていますよ」

イソが毎日、事務所へ電話をしているのは知らなかった。

そのイソはロビーのソファでスポーツ新聞を見ているが、袋からなにかを摘まんでは口に運んでいる。小仏はエミコとの電話を終えてイソに近づいた。イソが食べているのは売店で売っているわさび煎餅《せんべい》というやつだ。

「昼メシが近いっていうのに、そんなものをよく」

「一つ摘まんだらとまらなくなっちゃって。所長もどう。うまいよ。前に天城越えをしたとき、七滝近くの洞窟で、この煎餅を食って、飢えをしのいだの。だからおれには懐かしい味なんだ」

「飢えをしのいだなんて、大袈裟な。七滝の近くには、人が入れるような洞窟があるのか」

「あるんです。山のなかの深くて暗い洞穴は傾斜していて、穴の突きあたりには熱い湯がたまっていました」

「そこは無人の温泉だったんじゃないのか」

「そうかな……。電灯はなかったと思うけど」

「湯に浸かったのか」

「入りました。丁度いい湯加減だった」

「煎餅で飢えをしのいだ野郎が、いい湯加減か」

小仏はばかばかしいといって、駐車場へ向かいかけたが、エミコが電話をよこした。プラチナマンマという首都圏を中心にすしのチェーン店を展開している会社から、調査依頼のファックスが入ったのだという。調査内容は、葛飾区と足立区の各二か所にすし店を出す計画で空き店舗を物色していたところ、いずれも駅の近くの四か所が見つかった。その四か所はなにをどのぐらいの期間やっていたのか。なぜやめたか移転したのか。レストランだったら、その評判はどうだったかなどを、詳しく、という依頼だった。何か月か前にも別の区で同様のマーケティングリサーチをした。調査内容は好評だった。

「すぐに東京へもどって、調査を始めろ。依頼先は、結果を早く知りたいんだ」

歯に煎餅が貼り付いたのか、口をもぐもぐさせているイソに命じた。

「その調査、エミちゃんが得意だよ。おれがわざわざもどることはないと思うけど」

「エミコが外へ出たら、事務所は空《から》になるじゃないか。もしかしておまえ、仕事が嫌になったんじゃないのか。嫌なら嫌っていえ」

「嫌だなんて、いってないよ。昼メシを食いたくなっただけなの。この前、所長がうまいっていったそば屋へいきましょうか」

「弁当を買って、列車のなかで食え。早く駅へ向かうんだ」

「所長は車に乗るの」

「あたりまえだ」

「所長の運転は危ないよ」

小仏は、念仏を唱えるようにぶつぶつものをいっているイソを車に乗せた。修善寺駅前で降ろした。降ろすさいに、プラチナマンマの調査がすんだら修善寺温泉へもどってこいといったが、イソは返事をせず、背中を向けて立っていた。

小仏は、ハリストス正教会目あてに車を走らせた。岩田徳造が勤めていた富士岡建設がそこの近くだと分かったからだ。

3

富士岡建設はレンガを積んだ重厚な装いのビルだった。事務室には水色の制服を着た女性が三人いてパソコンの画面をにらんでいた。小仏が入っていくと、三人のうちでは最も若い感じの女性が席を立ってきた。二十二、三歳のその女性に、以前勤めていた人のことをききたいといって、名刺を出した。

彼女は小仏の名刺を読んでから、

「だれのことでしょうか」

ときいた。小仏は岩田徳造とだけいった。彼女は無表情のままファイルを繰った。

が、該当者の欄をめくったとたんに、はっと息を吐いて小仏の顔を見直した。彼女がめくった岩田徳造のページにはたぶん、「殺害された」ことが分かるような文字が記入されていたにちがいない。

彼女は、三十歳ぐらいのメガネを掛けた女性にファイルを見せた。「この人のことをききたいといっている」とでもいったのだろう。

メガネの女性は電話を掛けたが、小仏の前へきて、

「社長がお会いしますので、どうぞ」

といい、二階の応接室へ招いた。そこには黒革のソファが据えられていた。

小仏はすぐに壁に架かった幅一メートル半ほどの山の絵に吸い寄せられた。ここは富士岡建設だが描かれたのは富士山ではなかった。三角形の頂稜《ちょうりょう》から白い煙を吐いている山は大きい鳥が翼を広げたように左右に裾を流している。その背後にはこれも左右に山脈が連なっていて、ところどころに残雪らしい白い斑《ふ》が置かれていた。北海道の山ではないかと想像したところへドアが開いて、灰色の作業服を着た体格のすぐれた男が入ってきた。高柴源一郎《たかしばげんいちろう》という社長で、五十半ば見当だ。彼は小仏の名刺を手にしていた。

「岩田徳造のことをお尋ねということですが」

社長は腰掛けるとすぐにきいた。

「はい。ある人のことを調べているうちに岩田徳造さんの事件を知りました。その事件は未解決ということですので、関心を持ったんです」

「事件が事件ですので、興味や関心を持った人は大勢いたでしょうが、警察の方と一部の新聞社の方以外の方でここへおいでになったのは、小仏さんだけです。ある人のことを調べていたとおっしゃいましたが、それはどういう人ですか」

調べたことをある程度明かさないと話が前へすすまなそうなので、調べていた対象は岩田徳造の孫だと答えた。

「孫が、いまごろになって……」

「事件を起こした犯人に関するヒントのようなものを、孫はつかんだのかもしれません」

小仏は氏名は明かさなかったが、岩田ユリの奇妙とも思える行動を掻い摘まんで話した。

「その女性は、いまも修善寺温泉の旅館で働いているんですね」

「真面目で、素直で気ばたらきがいいものですから、旅館はよろこんで、使用しています」

「おじいさんがいた土地なので、そこに住みたくなったというだけじゃないでしょうか」

社長は頬に肉のついた顔をかしげた。

「そうかもしれませんが、孫が修善寺温泉へくる半年ほど前に、徳造さんの娘が、それまで勤めていたところを辞めて、住んでいたところからいなくなりました」

社長はなにかを思い出したのか腕組みすると目を瞑った。

「徳造さんには娘が一人いた。葬儀のときに会いましたが、そのあとここへやってきて、丁寧な礼をしたし、事務の社員と保険や退職金のことなんかを話し合っていました」

社長はそういうと部屋の隅の電話を掛け、人事ファイルを持ってくるようにと命じた。

メガネの女性社員が持ってきたのは、さっき若い社員がめくっていたファイルだった。それには、徳造の事務上の手続きの記録が挿し込まれているようだ。

「徳造さんの奥さんは安江さんといって、下田に住んでいる。娘さんは左知子といって、住所は東京の足立区。孫については記録がありません」

徳造が被害に遭った場所がセンセーショナルだったので、マスコミが取材に押しかけたのではないか、ときいた。

「事件のあと何日間は、新聞や週刊誌の記者が張り込んでいて、社員から話をきこうとしていました。私は、社員や臨時の作業員たちにも、マスコミにきかれても一切答えるなといいました。それでも何人かは徳造さんのことを喋ったようでした」

「徳造さんは、仕事のできる人だったようですね」

「土木工事の現場監督をやってもらっていましたが、大らかな性分だったからか、人使いがうまくて、作業員に好かれていました。夜間の工事でも徳造さんが頼むと、嫌な顔をせずに働く者が多かったです。彼のような人はめったにいません」

社長はそういったが、徳造は何者かに恨まれていたのかもしれないのだ。

「徳造さんが被害に遭ったのは、湯花というスナックの入沢保乃香という女性の部屋でした。徳造さんとご一緒に湯花へいらっしゃったことがありますか」

「ええ、四、五人で、たしか二度ほど、飲みにいきました」

「では保乃香という女性をご覧になりましたね」

「見たでしょうが、どんな娘だったか憶えていません」

「静かな雰囲気の娘ですが……」

「そのようですが、まったく憶えていません。憶えていたのは、よく喋るママだけです」

徳造は、仕事の上では多くから好かれていた。飲み屋でも人気があった。そういう人が刺し殺された。しかも飲み屋の女性の部屋で。

「警察でもきかれたし、私は新聞社の取材を受けましたが、事件は、当社と徳造さんが担当していた仕事とは関係がありません」

「刃物で刺された点から、犯人の動機が恨みだったと思われますが、社長はどうみていらっしゃいますか」

「警察でも、新聞社の方にも犯人の動機をどう思うかときかれましたが、私にはわからないと答えました。しかし、女性の部屋で殺《や》られたことを考えると、女性問題がからんでいるような気がするんです。女性がいる店へ飲みにいく機会が多かったから、店の女性と親しくなることもたびたびあったんじゃないでしょうか。……人ちがいで刺されたのでなかったら、犯人は水商売関係の女性のような気がします」

「犯人は、女性……」

小仏は小さくつぶやいた。

「いやいや、私の推測など参考にしないでください。事件の根はずっと深いところにあるのかもしれませんので」

修善寺で徳造が飲みにいっていた店は湯花だけではないだろうと思ったので、それを社長に尋ねた。

「修善寺温泉の桂《かつら》橋の近くに、いづ九というすし屋があります。徳造さんはその店へは、若い者を連れてよくいっていました。私もたまにいく店です。それから『狩野《かの》家《や》』というクラブへもいっていました。狩野家は飲み屋としては老舗ですし、女の娘が七、八人います」

　小仏は、いづ九へは一昨日、イソと一緒にいって、スナック湯花の場所を尋ねた。狩野家というのは湯花よりもずっと広い店のようだ。

「狩野家で徳造さんが親しかった女性を、社長はご存じですか」

「里歌《りか》という背の高い娘を贔屓《ひいき》にしていました。夕飯を一緒にして、店へ同伴したことも何度かあるようでした。その娘と特別な関係だったかどうかは知りません。里歌はいまも狩野家で働いています。三十二、三歳だと思いますが、いつもにこにこしているし、よく笑う愛想のいい娘で、たしか狩野家では古株の一人です」

　社長は小仏に、狩野家へいってみるのかときいた。

「いってみます。里歌さんという人にも会ってみたいです」

「小仏さんは、私立探偵なのに、徳造さんの事件を本格的に調べているようですが……」

　それはなぜかというように社長は瞳を光らせた。

　小仏は未解決の徳造事件に惹きつけられたのだといった。

「警察が捜査しているのに、分からないことを……」

「そうですが、私はだれにも縛られないので、気付いたことを思うがままにさぐることができます」

社長は、小仏が調べてなにか分かるだろうかと思っているにちがいなかった。

小仏は立ち上ると、丁寧に頭を下げた。それからあらためて、壁に架かっている山の絵のほうを向いた。社長は、父親である先代社長が、北海道で買ってきたものだったといった。

4

いつもの夕飯には少し早かったが、すし屋のいづ九に入って、カウンターにとまった。カウンターの奥には男が二人箸を使っていた。ここへは二度目だったからか主人が正面へきて、「いらっしゃい」と笑顔をつくった
「この前は、湯花へいらっしゃいましたか」

主人がきいたので、小仏は湯花の印象を話した。

小仏は食事のあとでいくところがあるので、きょうも酒を頼まず、マグロにコハダにアマエビをにぎってもらった。

「お客さんは、修善寺温泉へは、お仕事でいらっしゃってるんですか」

主人は目を細めてきいた。

小仏は、「仕事です」と答えた。と、カウンターの奥にいた二人の客が、風を起こ

すように立ち上がった。二人ともスマホを耳にあてている。電話を受け、その内容をきいて、まるで飛び上がったようだった。二人は短い通話を終えると、ショルダーバッグをつかんで、店を駆け出していった。主人が、二人は新聞記者だといった。二人のあわてようは尋常でない。事件の発生でも会社から知らされたのではないか。小仏はスマホでニュースを見たが、新しい事件は載っていなかった。

小仏は軽めの夕食をすませた。上がりの渋茶を飲んで、狩野家の場所を主人にきいた。

「今夜は、狩野家へいらっしゃるんですね」

「そのつもりです」

主人は白い帽子に手をやって、小仏はいったいなにをしている男なのかと推し測ろうとしているようだった。

料理屋のような名の狩野家はすぐに分かった。白いビルの三階だ。修善寺温泉でクラブと呼んでいる店は珍しいのではないか。

ドアを入ったところがカウンターで、右手に仕切りのあるボックス席がいくつかあった。

ボックス席には客が二組入っているのが見えた。小仏は灯《あか》りを落としたカウンターにとまった。若い女性が三人いて、「いらっしゃいませ」と声をそろえたが、初めての客だったからか、目は笑っていなかった。

ビールを注いでもらい、三人のグラスに小仏が注いだ。

「お客さんは観光ですか」

茶髪の痩せぎすの娘がきいた。歳格好は三十代後半だ。

「桜を見にきたんです」

「桜は、あちらこちらで咲いています」

茶髪は答えたが、くすりとも笑わない小仏の正体をうかがっているようだ。彼女も、どこに泊まっているのかときいたので、赤糸の湯だといった。

「きのうも、赤糸の湯のお客さんが三人おいでになって、お夕飯がとてもおいしかったといっていました。きょうのお夕飯では、なにがおいしかったですか」

「きょうはいづ九ですしを食った」

「あら、旅館のお夕飯を召し上がらなかったんですか」

小仏は、仕事で出掛けていて旅館にはもどっていないといった。

「お仕事で……。じゃ、お客さんは、赤糸の湯に何日か滞在なさっているんですか」

「そう。きょうで四日目かな」

茶髪は、ますます小仏の素性を知りたくなったのか、顔を見ながらビールを注いだ。

「里歌さんは、いますか」

茶髪は驚いたように上半身を退くと、

「里歌ちゃんをご存じだったんですか」

と、今度は警戒するような表情をした。

「名前だけを……」

里歌はボックス席だと茶髪はいうと、カウンターを出ていった。ボックス席で里歌と交替するらしかった。

ボックス席では大声で笑う男がいた。観光客ではない。地元の人なのだろう。

和服のママが出勤した。五十代も後半だろうと思われる肉づきのいい人だった。

ママはボックス席の客に挨拶してから小仏の正面に立った。

「立派な体格をなさっていますね。どちらからおいでになったんですか」

小仏が東京からだと答えたところへ、里歌がやってきた。面長でやさしげな目をしていて、上背がある。薄く染めた髪を左右に分け、数本を前に垂らしていた。彼女に好感を抱いたのは徳造だけではないだろう。

ママがボックス席へ去っていったので小仏は、里歌の名前を富士岡建設の社長にきいたのだといった。

「高柴さんですね。しばらくお見えになっていませんが」

「高柴さんからきいたことですが、あなたは岩田徳造さんをよく知っていたそうですね」

「ああ、岩田さん。わたしはよくしていただきました。何度も一緒に食事をしましたし」

徳造の名が出たからか、里歌の顔から微笑が消えた。

「お客さんは、高柴さんや岩田さんのお知り合いだったんですか」

小仏はほかの女性の目を盗んで里歌に名刺を渡した。

「探偵事務所……」

彼女は名刺を隠すようにして小さい声でつぶやいた。

小仏は、徳造について知りたいことがあるので、あした会いたいがどうかときいた。

彼女は、小仏の顔をやや上目遣いで見てから、わずかにうなずいた。

「私は赤糸の湯に泊まっています。よかったらそこのラウンジでどうでしょうか」

「いきます。赤糸の湯は知っていますけど、入ったことはありません」

あすの六時に会う約束をしたが、念のためにといって、電話番号を教え合った。

小仏はウイスキーの水割りを二杯飲んだが、里歌は彼をしきりに観察しているようで、口数は少なかった。

里歌に送られて狩野家を出るとスマホでニュースを検索した。伊豆河津町の河津七滝で男が遺体で発見され、警察が男の身元を調べていると報じられていた。旅館の部屋にもどると、すぐにテレビをつけた。臨時ニュースが入った。

国道から河津七滝を見物できる遊歩道がある。その歩道沿いにはいくつか洞窟があって、人が入れる大きさのところもある。一か所には穴の底に温泉が湧いていて「絹の湯」と名付けられている。男の遺体は絹の湯の洞窟へ五メートルほど入った地点で観光客に発見された。

滝を見にきた観光客だったが、遊歩道沿いにぽっかりと岩穴があいていたので、入ってみたのだろう。とそこに男が横たわっていた。洞窟内は暗いので横たわっている者を踏みそうになったのではないか。観光客は横たわっている人に顔を近づけたかどうかは分からないが、死亡していると判断したのだろう。

そこで一一〇番通報した。緊急通報を受け取ったのは、静岡県警下田署らしい。

「約二万五千年前に発生した噴火で天城山の南側に位置する登《のぼ》り尾《お》火山から流れ出した溶岩は河津川に流れ込み、谷間を二キロほど流れ下った。その後の河津川の流れは、この溶岩を美しく磨き上げ、河津七滝を作り出した」

という説明が、ニュースのあとにつづいていた。

河津は二月上旬に咲きはじめる桜で有名だ。花は濃い桜色で大きい。

小仏は二十四時間利用できる大風呂を浴びた。背中にあたる広いガラスに白いものが映った。今夜も女将の父親が露天風呂を囲んだ岩に腰掛けて、呪文に似たことを唱えているのではないか。宿泊客が利用しているとき、それをやったら気味が悪いといわれるだろうから、客が寝静まった夜中に、湯に浸りにくるらしい。呪文か念仏を唱えるのが目的で、タオルを頭にのせて、岩の突起に腰掛けるのだろう。

高齢なのだから、夜中に単独での入浴は危険ではないか。女将は父親の夜中の入浴を知っていた。夜の風に震えて、取り返しのつかないことになってもいいと思っているのか。

女将は、夜中に露天風呂の岩にすわって長いつぶやきをする翁のことを、『わたしの父』といっていた。すると女将はこの旅館の娘なのか。何代目なのかは知らないが、旅館を継いで、養子を迎えているのだろうか。

小仏は考えてもなんの役にも立たないことを想像しながら脱衣所へもどったが、思い直して露天風呂へ引き返した。

翁は岩の一部に化けたように張りついているが、呪文はきこえなかった。小仏は不安になったので、「こんばんは」と声を掛けた。返事がなかったので湯を漕いで翁に近づいた。と、咳《せき》払いがした。生きていたのだ。

「今夜も星がきれいですね」

「あたりまえのことをいうな」

翁は一段高い位置から一喝した。

「今夜はもう、お祈りはすんだのですか」

「よけいなことを。……あんたは何日もここに泊まっているが、仕事でもしているのか」

小仏は翁に観察されているようではないか。

「はい。仕事をしています」

「酒を飲んで、いまごろ帰ってくるようじゃろくな仕事じゃないな」

「そうですね。いままで、人にほめられるような仕事をしたことはありません」

「そうだろう。顔にも書いてある」

暗がりなのに顔立ちが分かるのか。小仏は翁をなんと呼ぼうかを考えた。「おじいさん」と呼ぶべきか、それとも「旦那さん」か。

思いきって、「おとうさん」と呼んだ。

「おとうさんは、毎晩ここで、長湯を楽しんでいらっしゃるんですね」

「よけいなことをいうな。あんたはあした、南のほうへいくといい。ろくな仕事じゃないだろうが、やらなきゃならんだろ」

翁は祈禱《きとう》師のようなことをつぶやくと、からだが冷えてきたのか湯に浸かった。下唇のあたりまで浸ると、低声でなにやら訳の分からないことをいいはじめた。小仏は翁の唱えていることをきくつもりで湯音を立てずに近寄った。唱えているのは呪文でも念仏でもなく、歌であった。人を笑っているようにうたっていた。小仏はしばらく、翁の横顔の皺の伸び縮みに見とれていた。

5

翌朝、テレビニュースに注目した。

河津七滝の絹の湯という洞窟内で遺体で発見された男は、殺害されていたのだった。首と背中を刃物で刺され、そこからの出血が死因だという。

遺体は下田署に運ばれて精《くわ》しく検《しら》べられたことだろう。

放送された内容はざっとこうである。――男はコートの下に作業衣を着ており、それの胸に「富士岡建設」の縫い取りがあったことから、伊豆市修善寺の富士岡建設に該当しそうな人がいるかを照会した。その結果、二日間無断欠勤している社員がいるが、連絡が取れない。その社員は四十六歳。住所は下田市東本郷《ひがしほんごう》だが、工事の都合で約一年前から会社の寮に起居している。一昨々日《さきおととい》は休日だったので、下田市の自宅へいったものと思われるが、それきり連絡がない。

ニュースはそこで切れた。たぶん本人確認がすんでいないのだろう。四十六歳の男の家族か社員が、下田署へ呼ばれているところではないか。

二時間後、またテレビニュースに注目した。

下出署において、家族か社員が遺体と対面し、身元が判明したのだった。

河津七滝近くの洞窟内で遺体で発見された男は森下佳則《もりしたよしのり》。彼は休日である三月十五日の午前九時ごろ、『これから帰る』と妻に電話した。妻は勤め先のパン屋でその電話を受けた。

妻は午後三時に勤務を終えて帰宅した。が、帰ってきているはずの夫はいなかった。子どもは二人学校から帰ってきた。妻は夕食の支度をととのえたが、夫は帰ってこなかった。電話をしたが、電源が切られていた。妻はその日、何度も夫の電話に掛けたが通じなかった。

夫との電話は通じないし、帰宅しなかったので、妻は翌日、修善寺の会社に電話した。すると、『森下さんは出勤していません』と女性社員が応答した。会社も森下に電話していたのだった。妻の話をきいた会社は、社員の一人と連絡が取れなくなっている旨を、所轄の大仁警察に相談した。大仁署では、「一日待ってみよう」と答えていた。

小仏は車に乗った。絹の湯という洞窟で殺されていた男が富士岡建設の社員だったので動いてみる必要を感じた。

車のラジオは河津七滝の事件を繰り返し放送していた。

河津七滝は原生林のような森林におおわれた山中である。国道から美しい滝を見下ろす遊歩道が川に向かっているが、きょうは警察が立ち入り禁止にしていた。遊歩道への入口近くには制服警官が立っていたし、私服の男女が何人もいた。

小仏は駐車場に車を入れた。木々のあいだから差し込んだ陽がコンクリートの上に縞をつくっている。灰色の乗用車に寄りかかるようにして、ノートになにかを書きつけている男がいた。その男と目が合った。どちらからともなく目で挨拶した。

「新聞社ですか」

小仏が男に一歩近づいた。

「伊豆新報です」

小仏は名刺を出した。伊豆新報の記者は白井石松《しらいいしまつ》、五十歳近くだ。目が大きく、顔は下駄のように四角張っていて、肩幅が広い。時代劇で決闘場面の役者を演《や》ったら似合いそうだ。

「私立探偵ですか」

白井は小仏の名刺をにらみながら、「まさか、ここでの事件を調べにおいでになったということでは、ないですよね」

というと全身を見まわすような目つきをした。

「被害者が、富士岡建設の社員だというので、関心を持ったんです」

「富士岡建設……。あっ、何年か前の事件との関連を……。小仏さんは、何年か前の事件にも関心が……」

白井はドングリまなこになった。

「ええ。私は五年前の岩田徳造という人が殺された事件に、関心を持っているんです」

「関心はお持ちでも、それを調べるというのは……」

「筋ちがいとおっしゃるのでしょうね」

「ええ」

「じつは、べつの調査をしているうちに岩田徳造さんの事件を知りました。その事件は未解決だと分かったので、なお関心を持ったんです」

白井はうなずくように首を振ると空を仰いだ。樹間に蒼い空がのぞき、白い雲が流れているのが見える。

「岩田徳造という人は、女のアパートの部屋で寝ているところを刺し殺された。そのとき部屋のあるじの女は修善寺温泉のスナックで働いていて、店をはなれた時間はなかった。岩田はアパートの部屋のドアを施錠しなかったかもしれないが、女が帰宅すると部屋のドアは施錠されていた。岩田のポケットには、女からあずかった鍵が入っていた。……これが謎という事件だった」

白井は、事件を思い出して独りごちていた。

小仏は自販機で買ったコーヒーを白井の手にのせた。

白井はちょこんと頭を下げると、

「下田へいって、ゆっくり話しませんか」

と片方の頰をゆるめた。

小仏は、コーヒーを一口飲んでうなずいた。

「小仏さんは、いい車に乗っていますね」

「借りものです」

小仏は下田へ向かう白井の車の後を追って、全長一〇六四メートルの巨大な二重ループ橋を渡った。


白井が勤めている伊豆新報社は下田開国博物館のななめ前だった。白井は車を駐車場に入れると、開国博物館の並びのカフェへ小仏を案内した。彼は会社へ寄ってくるので待っていてもらいたいといった。

小仏は窓ぎわの席から外を眺めた。下田は全国的に名を知られた観光地といってよいだろうが、歩いている人の数はごく少ないし、観光客らしい人の姿は目に入らなかった。

下田には「お吉《きち》」（本名。斉藤《さいとう》きち）に因《ちな》んだ場所がいくつもある。——彼女は「新内《しんない》、明烏《あけがらす》のお吉」とうたわれるほどの歌のうまさと美貌が評判だった。十七歳のとき、知人の斡旋《あっせん》によって、アメリカ総領事・タウンゼント・ハリスの世話役として奉行にあがった。そのため「唐人《とうじん》」と蔑まれた。幕末維新動乱のなか、芸妓として流浪の果てに下田にもどったが、待っていたのは貧困と人の嘲笑。明治二十四年三月、激しい雨の夜、稲生沢川《いのうざわがわ》に身を投げ、五十一歳の生涯を終えた。その亡がらを宝福寺《ほうふくじ》の第十五代・竹岡大乗住職《たけおかだいじょう》が引き取って、手厚く葬った。下田の町には数多くの「お吉伝説」が遺されている——

「お待たせしてすみませんでした」

白井は三十分ほどして、息を切らせてやってきた。

河津七滝の絹の湯で殺されていた森下佳則の身辺に関することが少しずつ分かってきた、と白井はいって腰掛けると、コーヒーを頼んだ。

「森下は、五年前に殺された岩田徳造の部下で、いつも一緒に行動していたので、岩田の腰巾着なんていわれていたそうです。そういう男だったので、岩田の日常に通じていたことから、事件のあと、何度も警察に呼ばれたり、刑事がつきまとっていたそうです」

「岩田の事件に関して、疑わしい点もあったんじゃないでしょうか」

「そうでしょう。今度の事件、岩田の事件の関係者かもしれませんよ」

白井は、不精髭《ひげ》の目立つ顎《あご》を撫でた。

「森下という男は、どうして河津七滝の近くで殺されていたんでしょうか」

小仏は、肉の厚いカップのコーヒーを一口飲んでコーヒーを見直した。美味かったからだ。

「森下は下田市の出身者です。小学生か中学生のとき、七滝見学をしていると思います。彼にとって七滝は珍しいところではないので、見物にいったとは思えない」

「同行者がいたとは……」

「考えられますね。もしかしたら同行者はそこの付近に通じていた。それを隠して、森下に、『河津七滝を見たい』とでもいった。……十五日は休みだったので、自分の車で下田へ向かい、その途中で七滝へ立ち寄ったんだと思います。その車にはだれかが乗っていた。一人だったかあるいは複数だったか。その同乗者が怪しい」

白井は額に手をあてた。なにかを考えるときの癖らしい。

「森下の車は見つかっていますか」

「不明ということです。どこかに乗り捨てられているんじゃないでしょうか」

十五日の森下は、午前九時ごろに『これから帰る』と妻に電話している。たぶん宿舎から掛けたのだろう。妻に電話したあと、その日の予定を変更せざるをえなくなったのではないか。

だれかから電話が入った。あるいは彼の車に近寄ってきた人がいた。その人は、下田へいくという森下の車に同乗した。その途中で、『河津七滝を見物したい』といった。そこは通りすがりの場所なので断わらなかった。

森下は刃物で刺し殺されていたのだから、同乗者はナイフなどを用意していたことになりそうだ。つまり殺意を隠して、彼の車に乗ったのだ。十五日の朝、森下が下田の自宅に帰ることを知っていた人間とみるべきではないか。十五日の朝、電話で、下田まで送ってといえば断わらないと踏んでいた人間。その人間も下田になんらかの縁がある。それを森下は知っていた。

十五日の朝、森下の車に乗っていたのは女性ではないか、と小仏は直感した。同乗したのは一人とはかぎらない。複数で河津七滝を見物するといって遊歩道を下った。その細い道の右側に洞穴が口を開けていて、絹の湯という札が貼ってあった。『入ってみよう』と森下を誘ったのだろうか。

白井の電話が鳴った。彼は横を向き、黒いケータイを肩と首のあいだにはさんで、

「うん、うん」といいながらメモを取った。

　電話を切ると、警察を取材している記者からだったといった。

「森下佳則が発見された現場の状況が分かりました。彼はほかの場所で刺されて絹の湯の洞穴へ運ばれたのではなく、洞穴内で刺されたんです。警察は目下、洞穴内から体毛などを採取しているでしょう。指紋が採れる場所があるかもしれません」

「現場に、凶器はなかったんですね」

「犯人が持ち去ったんでしょう。犯人は凶器を早く手放したがるものですから、現場近くの林のなかか川へでも放り込んだんじゃないでしょうか」

　駐車場には森下の車はなかったというから、犯人が運転して逃走したにちがいない。車は自分が手に掛けた人間の物だから体温が残っているようで忌まわしい。一刻も早く乗り棄てたかったたし、凶行現場からも早くはなれたかったろう。そこで修善寺へ引き返したか、それとも下田方面へ走っただろうか。

　白井は、小仏を引き留めて話をききたそうだったが、夕方、修善寺に用事があるといって席を立った。午後六時に、赤糸の湯のラウンジで狩野家の里歌と会うことになっているのだ。

第四章　寂しい笑い

1

小仏は里歌と約束の午後六時より五、六分前にラウンジへ入ろうとした。と、池に架かった小さな橋の上に彼女はしゃがんで、池のなかの錦鯉を珍しそうに見下ろしていた。彼は足をとめて里歌を観察した。彼女は池面に腕を伸ばし、なにかをつぶやいている。足もとに集まってきた鯉に話し掛けているようだった。その姿と手つきと口の動きは十代のように素朴に見えた。

ユリが売店の前を通った。小仏は何時間かユリのことを忘れていた。彼女は夕食の配膳にそなえて和服になっていた。小仏は彼女の姿が奥へ消えるまで見送った。彼がこの赤糸の湯へきたのは、ユリを観察するためと、彼女がこの旅館へ勤めることにしたほんとうの理由を知るためだった。

　里歌は、バッグからスマホを取り出してみてから、ラウンジへ入った。時間を確かめたのだろう。彼女は白地のセーターを着ていた。その裾近くに茶色の小犬が編み込まれている。

　狩野家へは何時に出勤するのかときくと、七時半だといった。

「また富士岡建設の社員が事件に遭いました」

　小仏は、くっきりと化粧した里歌の顔にいった。

「森下さん」

　彼女はそこで言葉を切って、「森下さんも、狩野家へは何回もきてくださいました」と、小仏の顔を見て低い声でいった。

「岩田徳造さんと一緒に」

「岩田さんと一緒のときもありましたし、ほかの人を連れておいでになったことも。……お酒の強い人でした。日本酒を飲みはじめるととまらなくなるのでといって、ウイスキーにしていました。岩田さんは、酔うと歌をうたいたくなる人でしたけど、森下さんは……。わたし森下さんがうたっているのを見たことありませんでした」

　森下はどんな人だったかを小仏はきいた。

「あまりお話をしない人でした。岩田さんと一緒にきたときは、岩田さんの話をよくきいているようでしたので、無口の人と思っていましたけど、ほかの人ときたときは笑い話をしていました。……あ、思い出しました。森下さん、笑うと寂しそうでした。わたし、ほかに寂しそうに笑う人を見たことがありません」

「寂しそうに笑う……」

小仏は視線を上に向けてその顔を想像した。

二人は二、三分黙っていたが里歌が、

「殺された岩田さんと森下さんは、同じ会社に勤めていた。会社になにか問題でもあるんでしょうか」

といって、大きい目を小仏に向けた。

「私は、事件は会社には関係ないと思っていますが……。あなたは富士岡建設の、たとえば極秘事項のようなことを知っていますか」

「いいえ。ただ同じ建設業の人が、富士岡は仕事を取るのがうまいと話していたのをきいた憶えがあります」

それは不正取引を衝いた皮肉のこもった言葉だったかもしれないが、岩田の殺されかたを考えると、たとえば同業者の工作とは思えない。

小仏は目の縁を濃く描いた里歌をまともに見て、岩田徳造を殺したのはだれだと思うか、とずばりときいた。

「分かりません。分かりませんけど、岩田さんは保乃香さんを愛人にしていました。

それが憎くてたまらない人がいたんじゃないでしょうか」

「すると、保乃香さんに好意を抱いている人ということになりそうですが……」

「保乃香さんを好きな人は何人もいるような気がします。警察は湯花のお客さんが怪しいとみて、調べたようですけど、いまのところ目星はついていないようです。保乃香さんが湯花にいるころ、彼女を気に入って通っていた人を知っています。その人も怪しまれて、事件が起きたときどこにいたかを警察できかれたそうです。真夜中のことですから、自宅で寝ていたと答えた。奥さんがうるさい人なので、夜中まで外にはいられないといったけど、信用してもらえなくて、思い込みの激しい刑事に出会っていたら、犯人に仕立て上げられていたかもといっていました。警察はいったん怪しいとみると、何度も事情を聴くし、尾けまわすこともあるそうです」

そういうものかと、小仏はとぼけた顔をした。

里歌はバッグからスマホを取り出したが、すぐにしまった。また時間を気にしたようだ。

「よかったら一緒に食事をしませんか」

小仏は目を細めた。

「いいんですか。小仏さんは、こちらにお泊まりなら、お食事もこちらなのでは……」

小仏は何時にもどれるか分からない日があるので、夕食は断わっている。

小仏は里歌をいづ九へ誘った。

「えっ、うれしい。いづ九へは半年ぐらいいっていません。小仏さんは修善寺温泉をよくご存じなんですね。こっちのお生まれなんですか」

「生まれは、東京です。あなたは……」

「河津町です。踊り子温泉会館というのがあります。二月中旬に咲く桜の名所で、生まれた家はそこの近くです」

彼女は毎年、桜が咲きはじめると河津川沿いの桜並木を歩く。今年もいってきたという。

赤糸の湯を出ていづ九へ向かって歩いた。

小仏はよけいなことだとは思ったが里歌の家族をきいた。

「両親とも健在です。父は指物大工職人で、いまも朝から夕方まで仕事場でトントンと音を立てています。仕事が好きなんです。最近はお正月の三日間だけ休んでいるようですけど、五、六年前までは元日も鉋《かんな》を持っていました。職人になりたいという若い人たちが、何人か住み込みで見習いに入りましたけど、父の教え方が厳しすぎるらしくて、どの人も半年ぐらいでやめていくので、一人前になった人は一人もいません。わたしも父に反抗して高校生のときに家を飛び出したんです。ですので高校を卒業していません」

彼女は年齢を偽って水商売に入った。現在勤めている狩野家は二軒目で、八年になるという。

いづ九には客が何組も入っていたがカウンターの端が空《あ》いていた。

主人が正面へやってきて、「まいど」といい、里歌には、「しばらくです」といった。

「きょうは酒を飲みます」

小仏が日本酒の「伊豆菊」を冷やで頼むと、里歌も、「私も同じ」といった。どうやら酒好きのようだ。

つまみを頼んで里歌の飲みっぷりを観察した。イカとアナゴをつまんだ彼女は、手酌《や》で飲って一本を空けると、二合徳利を頼んだ。小仏はまだ一合を空にしていなかった。里歌は、これから店へ出るのを忘れているのではないかと、小仏のほうが気になった。

小仏は里歌の今日までの暮らしに興味を持ったので、高校中退で家を出たときのもようをきいた。

すると十五、六年前のある日を思い出してか、盃を持った手で、くすりと笑った。

「夏だったので着る物を少しだけ持って、だれにもいわずに出ていこうとしたら、二つ下の弟と鉢合わせしました。それで、もうこの家には帰ってこないからって弟にいいました。弟はわたしの家出をとめるか、どこへいくのかをきくのかと思ったら、『いいよ』っていわれ、『お母さんにだけはいったほうが』っていわれたので、わたしは台所へいきました。洗いものをしている母に声を掛けたんですけど、母は振り向いてくれませんでした。家族に断わってたら家出じゃないと思ったので、母の背中をにらみつけただけで、玄関から出ていきました。父の仕事場では、いつものようにトントン、トントントンって音がしていました。その音をきいて、家出をやめようと思って、家を振り返ると、やっぱりこの家にはいたくないって思い返して、自分に気合を入れて、逃げるみたいに走りました。……へんな家出でしょ」

「へんな家出ですけど、家族は、あなたが本気でいなくなるんじゃないのを、読んでいたんでしょうね。……家を出てから、どのぐらいのあいだ家へ帰らなかったんですか」

「五か月ぐらい。修善寺温泉で勤めた店が借りてくれたアパートに住んでいたんですけど、ろくに家財道具がないので、寒くて眠れない日がありました。電気ストーブを買うのがもったいなかったので、河津の実家へ盗みに入ったんです。着る物と電気ストーブを盗み出したところを、父に見つかってしまいました」

「お父さんには、家へ帰ってこいとでもいわれたでしょうね」

「いいえ」

彼女はまた薄笑いを浮かべ、自分の盃に酒を満たした。

「お父さんは、あなたを黙って見送ったのかな」

「いいえ。父は小さい声でなにかいいながら、わたしが両手に提げた物を奪い取ると、それを車に載せました。そうして、わたしを車に押し込んで、『帰る先を教えろ』っていったんです」

「あなたのお父さんは、いい人なのか、そうじゃないのか……」

「そうなんです。いまでもよく分かりません。いつも仏頂面をしているわけじゃないけど、声を立てて笑ったことがない人です」

里歌は実家にもどらなかったが、家出以来、年に二、三回は帰省しているという。

小仏は彼女の横顔を見ながら、高校を中退してまでしてなぜ家を出たのかをきいた。

「勉強が嫌いで学校へいくのが苦痛だったんです。それにわたしにとっていい友だちができませんでした。家にいるかぎり、学校にいかなくてはならないので。……わたし家を出て働くようになってから、店へいきたくないって思ったことは一度もありません。いまでもときどき、あのころどうしてあんなに、学校へいくのが嫌だったのかって考えることがあります」

彼女は刺身を食べたが、にぎりを頼まなかった。すし屋にとってはいい客ではないだろう。

「なぜ……」

彼女は顔を小仏に振り向けると、なぜこんな話になったのかといって、白い歯を見せた。

「私は、人の生い立ちとか、転機のきっかけなんかをきくのが好きなんです」

「わたしの経歴なんか、面白くないでしょ。男の人にひっかかって、つまずいたこともないし。……つまずいたというか、災難が降りかかったというか、湯花にいた保乃香さんは、気の毒でしたね。事件が自分の部屋で起きたために、歳の差のある岩田さんとの関係も知られてしまって、湯花にはいられなくなった……」

里歌は盃を置くと真顔になって、湯花のママは警察から怪しまれなかったのだろうかとつぶやいた。

「湯花のママ……」

小仏は里歌の横顔をにらんだ。日本酒を旨そうに飲んでいるが顔色は変わっていない。むしろ白くなったように見える。

岩田徳造の事件で湯花のママが怪しいという噂《うわさ》でもあるのかと、小仏は白い顔に視線を注いだ。

「岩田さんは、服装にあまり気を遣わない人なのに、ときどき変わった柄のシャツを着てきたり、温かそうなマフラーを巻いてきました。それは修善寺では売っていない物のようだったので、どこで買うのってききましたら、湯花のママのプレゼントだっていいました。それも一点や二点ではなくて、どれもいい物ばかりでした。湯花のママは東京のデパートで買ってきていたようです。岩田さんの話しぶりから、湯花のママは岩田さんが好きなんだって感じました。岩田さんは、『頂き物をしてるけど』といって、ママのことをそれほど好きではなさそうでした」

湯花のママは秋元澄子《あきもとすみこ》といって、現在五十歳ぐらいだ。彼女は、ホステスの保乃香と岩田徳造の関係を知っていたのではないか。いま里歌がいったとおり、澄子が岩田に、客に対するより以上の熱い思いを抱いていたとしたら、それを、捜査当局はつかんでいただろうか。

2

小仏は八時半に朝食をすませた。

昨夜は、すし屋のいづ九で里歌と食事をしたあと、狩野家へ同伴した。狩野家には一時間あまりいて、赤糸の湯へもどった。昨夜の里歌は、『岩田徳造さん殺しに、湯花のママはからんでいそうだ』と、いづ九にいるときからいっていたが、狩野家へ出勤して、ドレスに着替えてからも同じことを口にした。いづ九で飲んだ日本酒に酔っていたのだ。いづも九から歩いているうち二度、平坦な道でつまずいた。一度は空を泳いで道路に手をつきそうになった。それでも彼女は、『酔ってなんかいないよ』といっていた。

湯花のママが岩田に惚れていたという話を繰り返したということは、里歌も岩田に好意を抱いていたからではないか。彼女は湯花のママの秋元澄子が憎かったにちがいない。いや、いまも憎いのではないか。酒に酔うと過去の憎しみが噴き上がってくるという人はいるらしい。愚痴をこぼすだけでなく、物や人に当たり散らす人もいる。

小仏はいつものように、ロビーのソファへ新聞を持っていって広げた。社会面には河津七滝の絹の湯での事件が太字で出ていた。

その記事に目を近づけると、紙面が暗くなった。彼は顔を起こした。正面にぬっと立ちふさがったのはイソだった。

「なにしにきたんだ」

「なにしにきたはないでしょ。所長は独りでは、どこへいくこともできず、三度のメシも旨くないでしょうから、けさは暗いうちに起きて、三島《みしま》まで新幹線できて、駿豆《すんず》線で駆けつけたんじゃないですか」

「プラチナマンマの仕事は、どうした」

「きのう片づけました。夜になってから、エミちゃんに電話で報告してもらいました」

「ふーん」

「ふーんじゃなくて、ご苦労だった、といってもらいたいんだけど」

「おれはおまえを招《よ》んだ覚えはないんだが」

「ああ、腹がへった。もう朝メシは食えないのかな」

イソはレストランのほうへ小走りに去っていった。

新聞には、森下佳則が殺害された時間帯に、犯行現場付近や駐車場にいた事件関係者らしい者をさがしている、と書いてあった。小仏はきのう河津七滝の駐車場をぐるりと見渡したが、防犯カメラは設置されていないようだった。

小仏が新聞を二紙読んだところへイソがもどってきた。イソはどうやら朝食にありつけたようだ。

「洞窟内で殺されていた森下って、どういう男でしょうね」

イソは缶コーヒーを手にしてソファへすわった。

「富士岡建設の社員だったということしか分かっていない」

小仏は新聞をたたんだ。

「五年前に女の部屋で殺された岩田っていう男が勤めていたのも、同じ会社ですね」

「いま、新聞を読みながらそれを考えていたところだ」

「お早うございます」

背中できき覚えのある女性の声がした。グレーのセーターに黒いズボンの女将だった。

「ちょっと気になったことを……」

女将はそういうと小仏の横に腰掛けた。

「気になったこと……」

小仏は彼女のほうへからだを向けた。

「きのうの夕方のことです。ユリは早番だったので寮へもどっていたんですけど、階段の下で女の人と立ち話していました。ここへきて二週間ばかりしか経っていないから、親しい人はいないと思いますけど」

女将は首をかしげた。

「ユリさんと話していたのは、どんな人でしたか」

「歳の見当は四十代後半か、もう少し上だったかも。背丈はユリと同じくらい。薄い色のコートを着ていました」

「顔をご覧になりましたか」

「横顔しか見えませんでしたが、丸顔だったような気がします」

「お母さんではないでしょうか」

「お母さんは、いくつですか」

「四十九歳です。その女性とユリさんは、どのぐらいのあいだ話し合っていましたか」

「わたしが見ていたのは五分間ぐらいです。その前から話し合っていたので、どのぐらいだったかは分かりません」

「その女性はなにか持っていましたか」

「さあ。バッグを持っていたでしょうけど、見えませんでした」

中年女性は、ユリの手をにぎると足早に去っていったという。そのようすから二人は親しい間柄だと女将はみてとったという。

「お母さんなら、わたしに挨拶しにきてもよかったのに」

女将は不満そうないいかたをした。

小仏は、そのとおりだと思った。そしてユリに会いにきた女性は母親の左知子だったろうと想像した。左知子は、娘がここに世話になっているのだから一言挨拶するくらいの常識はそなえているが、現在は隠遁《いんとん》同様の暮らしかたをしている。それゆえに表立って人に会うのを避けているのではないか。

現在、左知子はどこにいるのか分からない。住民登録を怠っているからだ。人に住所を知られたくない理由があるからだろうが、それは秘密を要する行為をしているからではないのか。

女将は立ち上がった。

「ユリにはなにもきかないことにします」

といって、小仏にきつい視線を送った。その目はユリへの観察を怠るなと小仏にいっていた。

女将はロビーをはなれるとフロントへいって係に声を掛け、そのあとラウンジを見てから奥へと消えていった。

「いま、思いついたんだけど」

イソはコーヒーの缶を振った。

「なにを思いついたんだ」

「岩田左知子は、この近くに住んでいるんじゃないかな」

「どうしてそう思ったんだ」

「女将の話だと、ユリと立ち話をしていた女は、目立つ物を持っていなかったみたいです」

「そうだったな。遠方からきた人のようじゃなかった」

左知子は半年ほど前、それまで住んでいた東京のマンションからいなくなった。そのころまで勤めていた病院を退職していた。

もしかしたら左知子は、この修善寺温泉かそれとも付近に住んでいるのではないか。ユリは母親の住所を知っているだろう。彼女はこの赤糸の湯に一泊して、翌朝、ここで働かせてもらえないかと女将に頼んだ。修善寺に住みたいとかねてから思っていたというようなことをいったが、それはつくりごとであって、母親が住んでいるからだったのではないか。

母親は、なにかの目的を持ってこの辺に住むことにした。その目的は人に話せないことのような気がする。ユリにとっても秘密事項だ。

この修善寺温泉では五年前、人びとが飛び上がるような事件が起こった。地元の建設会社の社員の岩田徳造が殺された。殺害された現場が、彼がたびたび飲みにいくスナックに勤めている入沢保乃香の住所であるアパートの部屋だったので、人びとは舌を巻いた。当然だが保乃香は嫌疑を掛けられた。だが徳造が刺された時間帯に保乃香は店で働いていた。捜査当局は、保乃香がだれかに殺害を依頼した可能性もあるという見方からも捜査したにちがいない。が、五年近く経った今日も犯人にたどり着いていない。

岩田徳造は左知子の父であり、ユリの祖父である。

五年経っても犯人は挙がらない。ひょっとしたら事件は迷宮入りになるのではと憂慮した左知子は、密かに事件をさぐるために修善寺付近へきたのではないか。ユリは母の左知子に呼ばれたことも考えられる。

左知子は素手で修善寺へきたのではなかろう。彼女を突き動かす情報が舞い込んだのではないか。

けさのイソは珍しいことに腕を組んで、考え顔をしていたが、

「所長、下田へいきましょう」

といって椅子から立ち上った。

「なにしに下田へいくんだ」

「洞窟のなかで殺された森下という男の身辺を嗅ぐんですよ」

「そういうことは警察がやっている。事件直後のいま、被害者の住所付近をうろついてたら、厄介なことになる」

「あれっ。急に引っ込み思案の人になったんだね。事件は、早く調べないと腐っちゃうんですよ。おれはけさの電車のなかで、森下という男が殺された事件を考えていた。その事件は、五年前の岩田っていう男が殺《や》られた事件と関係がありそうな気がしたんです。さっき女将の話をきいているうちに、ユリがここで働いている理由は、五年前の事件の真相を、なにかの方法でさぐるためじゃないかって思ったの。ユリと母親が動きはじめたんで、森下は消されたのかもしれないよ」

小仏は立ち上ると両腕を高く上げたり曲げたりの屈伸運動をしたあと、大股で玄関へ向かった。

「な、なんだよ。黙って出ていかないでよ。どこへいくの」

「天城越えだ」

「なんだ、格好つけて。下田へいくっていえばいいのに」

イソは、借りもののレクサスが気に入っているようだ。途中で給油したが、鼻歌をうたっていた。

河津七滝の遊歩道へ入ってみたかったが、きょうも立ち入り禁止のテープが張られていたし、制服警官が目を光らせていた。

森下は修善寺から自分の車にだれかを助手席に乗せて、河津七滝の駐車場へ入ったのだろう。そして絹の湯の洞窟へ誘われてくぐり込んだ。一緒にいった者が入ってみたいとさかんにいったような気がする。一緒にいった者は前もって洞窟を下見していたか、以前にもいってようすを憶えていたのだろう。そして凶器のナイフを用意していた。現場を熟知していた者の犯行にみえるのである。

3

森下佳則の住所は、伊豆新報の白井記者からきいていたので、すぐにさがしあてることができた。伊豆急行の下田駅から歩いても六、七分の距離だった。付近には商店や飲食店があった。森下家はかなり年数を経ている木造の二階屋だ。玄関の柱には表札があったがそれを取りはずしたらしく、跡が白く残っている。たぶん事件後に妻が人に見られるのを嫌ってはずしたのではないか。

小仏は、四、五軒はなれた家の主婦に、森下佳則とはどんな人だったかを知っているかときいた。

「おとなしそうだし、やさしげな人でした。道で会えば挨拶するだけでしたけど、二人の男の子を連れて歩いているのをよく見かけましたので、家庭的な人なんだなと思っていました」

当然だが主婦は森下が事件に遭ったのを知っていた。「奥さんは、駅の近くのパン屋さんに勤めていますが、きょうは休んでいるらしくて、さっき出掛けていく姿を見ました。お子さんは高校生と中学生です。これからどうされるんでしょうね」

主婦は胸の前で手を合わせたが、森下のことならペリーロードに、昔は旅館だった浜内《はまうち》という家があるので、そこできくといいといった。

「浜内さんという家と森下さんは、親戚ですか」

続柄によっては話をきけないと思った。

「親戚ではないと思いますよ。どんな事情があったのか知りませんけど、ずっと前に森下さんをあずかっていたというようなことをきいたことがあります。浜内さんには少し耳が遠くなったおばあさんがいます。その人が森下さんのことをよく知っていると思います」

小仏は主婦に礼をいって外へ出ると、表札をはずした森下家をあらためて眺めた。一階も二階も閉めきられている家は息を殺して押し黙っているようだ。男の子は二人とも普段どおり学校へいっているだろうか。父親が事件に巻き込まれた子どもを、学校はどんなふうに扱うのかを小仏は、冷えきってしまったような家を横目に入れながら想像した。


下田の市街地は下田港を中心に発達した。江戸、大坂の廻船《かいせん》寄港地でもあった。一八五四年（安政元）黒船来港を機に開港して、幕末期外交の舞台となった土地でもある。

下田市内のペリーロードは、その昔、アメリカからやってきたペリー提督が、下田条約を結ぶために行進したとされる町並みである。幅のせまい川があって赤く塗った橋が架かっている。その川へ青い柳が枝を長く垂れていた。川沿いには木造の家が並んでいて、昔ながらのなまこ壁を生かした店もあった。

この辺の町名が他所とちがっている。下田市何町でなく「下田市〇丁目〇番」なのだ。

浜内という家は白木の角材を渡した橋の角だった。二階建ての大きい家だが半分はカフェになっていた。入口には石の甕《かめ》がいくつも置かれ、それには赤と黄とピンクの花が咲いていた。入口の黒ずんだ柱には字のかすれた表札が出ていた。

表札が出ている入口の戸は一〇センチばかり開いていたので、そこへ顔を近づけて声を掛けた。女性の元気のいい声が返ってきて、「どうぞお入りください」といわれた。白いエプロンをした四十代後半と思われる女性が、磨き上げたように光った板敷きに立っていた。家のなかは薄暗いが女性の顔は紙のように白かった。

以前旅館だったというだけに玄関のたたきは広い。小仏が二歩ばかり入ると、女性は板敷に膝をついた。主婦なのだろう。小仏は彼女に近寄って名刺を渡し、森下佳則さんについてききたいことがあったので訪ねたといった。

彼女は眉を動かして顔を曇らせたが、

「おばあちゃんを呼びますので」

といって立ち上がった。

彼女は、「おばあちゃん」の娘なのか、それとも息子の嫁なのか。十分ほど経ったが、主婦はもどってこないし物音もしなかった。また十分ほど経った。主婦は小仏が玄関にいることを忘れてしまったのか、おばあちゃんのほうが玄関へくるまでの間に、人を待たせているのを忘れてしまったのかもしれないと思ったところへ、さっきの色白の主婦が出てきて、

「どうぞお上がりください。おばあちゃんが待っていますので」

といった。小仏は頭を下げてから靴を脱いだ。

案内されたところはゆったりとしたソファのある応接間だった。

腰掛けていた老婆は立ち上がると、

「浜内トネでございます」

といって腰を折った。髪は白く背は丸いが肌は白くて艶もある。主婦はおばあちゃんといったが、下脹《しもぶく》れの顔のかたちと目のあたりが二人は似ているので母娘なのだろうと見て取った。トネと名乗った老婆は八十歳見当だ。

「あなたは小仏さんとおっしゃるそうですが、なにをなさっている方ですの」

小仏は主婦に名刺を渡したが、トネはそれを見なかったのか。

「探偵といって、人から調査を頼まれたことを調べる仕事をしています」

小仏は少し大きい声で答えた。

「調査って、どんなことですの」

「たとえば、お嫁さんにしたい女性がいるが、その人の経歴とか、どういうところで働いていて、その仕事ぶりはどんなかなどを、本人に知られないように調べるのが仕事です」

「自分の嫁にしたかったら、本人にきけばいいのに」

「根掘り葉掘りきけない場合もあります」

「意気地がないのね、自分の嫁にしたいのに、なにをしているのか、なにをしてきたのかをきけないなんて」

「人には、面と向かってきけないことってあるものなんです」

「そうなんですか。それであなたが調べると、いろんなことが分かるんですか」

「分かります」

「隠してることも、分かってしまうの」

「稀に、そういうことも」

「人に知られたくないことがあって、それが分かってしまったら、調べられた人は、お嫁にもらってもらえなくなるんじゃありませんの」

「場合によっては」

「あなたは、恨まれるでしょ。そっとしておいたほうがいいことを、見破る仕事のようだもの」

「そういうことも、たまには」

「良心が痛んだりしないの」

「悪いことをしているわけではありませんので」

「そうなの。お顔もだけど、神経が図太くて、厚かましそうね」

初対面なのに、説教されたり、批判を受けているようだ。

「こちらは、以前、旅館をなさっていたそうですね」

「そうですよ。わたしは湯ヶ野温泉の旅館の娘でね。ここの主人に気に入られて、嫁入りしたんです。稲取《いなとり》や河津の旧家からも、わたしを嫁に欲しいっていう話はあったようでしたけど、わたしは下田に住みたかったので、二十歳でこの家へ嫁入りしたんです。わたしがここへきたころは、毎日、断わりきれないほどお客さんがあったんですよ。わたしは嫁入りした次の日から、朝早く起きて、夜は遅くまで仕事に追いまくられて、まるで奉公に入ったみたいでした」

「ご繁盛だったんですね」

「ええ、ええ、それはもう。使用人も何人もいましたけど、わたしは仕事でくたびれて、使用人の部屋へごろりと横になって、そのまま朝を迎えたことがたびたびでした」

「旦那さまは、主に調理場のお仕事をされていたんですか」

「わたしの夫のこと……」

「はい」

「夕方になると、出掛けていく人でした」

「夕方。……忙しい時間なのでは」

「仕事とか、働くとかが大嫌いな人でした。それで旅館が忙しくなると、それを見ているのが嫌なので、外へ出ていくんです」

「外へ出ていって、なにをなさっていたんですか」

「いろんな商売をしている旦那衆と一緒に、賭事をやっていたんです」

「賭事……」

小仏がきくとトネは、右手の拇指《おやゆび》と人差指で物をはさみ、その手を床に打ちつける真似をした。花札だ。賭博をやっていたというのだ。

「旦那さまは、それを毎日……」

「毎日でしたよ。それだもんですから、わたしが子どもを産むのが遅くなったんです」

この応接間へ小仏を案内した色白の女性はやはり娘なのだろう。隣のカフェは娘がやっているのかもしれない。

小仏はこの少々口の達者な老婆から、夫の夜遊びや旅館を廃業したいきさつなどをきくために訪れたのではない。森下佳則のことをよく知っている人だというので応接間へ上がり込んだのである。

トネの言葉が途切れたところで小仏は、森下のことを催促した。

「そうでした、そうでした。大事なことをお話ししなくては。あなたがきき上手なので、つい思い出話を……」

そういうとトネはすくっと立ち上がって、部屋を出ていった。小仏は置き去りにされたような気がしたが、彼女は盆にポットと茶道具をのせてもどってきた。その一式をテーブルに置いて慣れた手つきでお茶をいれた。

「森下はね、ここのすぐ裏に住んでいましたけど、四つか五つのとき、両親に置き去りにされたんですよ」

トネはお茶を一口飲むと話しはじめた。

「両親に置き去りにされたとは……」

「なにが原因だったか忘れましたけど、両親は大喧嘩《げんか》をして、おたがいに子どもを押しつけて、家を出ていってしまったんです。地味な暮らしをしている真面目な夫婦だと思っていましたけど、なんというか相性がよくなかったんじゃないかしら。わたしが夜の後片付けに調理場へ入ったら、勝手口の戸を叩く音がしたので戸を開けたんです。そうしたら佳則が立っていて、ご飯を食べていないっていったんです。……強い風の吹く寒い夜でした。わたしはただ事じゃないと思いましたけど、佳則をなかに入れて、煮物を温めてご飯を食べさせました。話をきくと、両親は物を投げ合っていたということでした。それにしても、子どもを置き去りにして二人とも家を出ていくなんて。……佳則は、お腹がすいて我慢できなくなったので、うちの調理場を思いついたんです。……わたしは、佳則をあずかっていると書いた紙を森下の家へ放り込んでおいて、佳則を寝かせました」

「お腹をすかせた佳則さんが、お宅を思いついたということは、その前にもお宅へきたことがあったんですね」

「調理場の一人が病気で休んだとき、志津《しづ》さんという佳則のお母さんに手伝ってもらったんです。手伝いにきてもらっているあいだの佳則は、うちでご飯を食べていましたので」

「それで。……喧嘩して出ていった佳則さんの両親は、もどってきたんですね」

「恵介《けいすけ》という父親がもどってきました」

「父親だけ……。母親はどうしたんでしょう」

「志津さんは帰ってきませんでした」

「子どもがいたのに」

「恵介さんからききましたけど、どこへいったのか分からないということでした。志津さんは新潟県からきた人で、下田の料理屋で働いていたことがあったんです。言葉には少し訛《なまり》がありました。恵介さんは新潟の志津さんの実家へ手紙を出したということですが、返事はこなかったんです。……ひょっとしたら志津さんは、自殺したんじゃないかってわたしは想像したことがありました」

「恵介さんは勤め人でしたか」

「船大工でした。恵介さんは毎日仕事場へいかなきゃならないので、佳則はうちであずかりました。恵介さんに断わってあずかったんじゃなくて、佳則が自分の家へ帰らなかったんです」

志津がいなくなって半年ほどすると、恵介は女性を同居させた。

「勝代《かつよ》という名の女性で、タバコをくわえたまま炊事をしているのを見たことがありました。背が高くて器量よしでしたけど、わたしは好きになれませんでした。恵介さんは佳則に勝代さんを、『お母さん』て呼べっていってましたけど、あの子も勝代さんになつかなかったようで、うちへ泊まりにくる日のほうが多かったですよ」

佳則は小学生になった。入学式には勝代がきれいな着物を着て出席した。トネも出席した。式のあと教室へいって、担任の先生が生徒各人の名を呼んだ。『森下佳則君』

と呼ばれると彼は大きい声で返事をしてから、廊下に立って教室のようすを見ていたトネのほうを向いて、にこりとした。

勝代が同居して一年ほど経ったころだったか、彼女は眼帯をしていた。顔がゆがんでいるように見えたので、どうしたのかをトネがきいた。勝代は涙ぐんで、恵介に殴られたのだといった。喧嘩をしたのかをきくと、そうではなく、恵介は酒を飲んで帰ってくると、いきなり頭や顔を殴りつけるのだといった。以前からそうなのかをきくと、最近のことだという。寝ている佳則を蹴ったり殴ったりしたこともあったといった、それをきいたトネは佳則に、『お父さんが暴れたら、すぐにここへくるのよ』と教えた。

佳則が小学三年生になった夏のある夜、森下の家が火事になった。真夜中だったが発見が早かったので半焼で消しとめられた。酒に酔って寝ていた恵介は近所の人に助け出されたが、大火傷《やけど》を負って病院へ運ばれた。

恵介も勝代もタバコを吸っていたので、出火原因はタバコの火の不始末ではとみられていたが、火元が寝室だったことと、勝代が煙を吸い込んでいなかった点が疑われ、彼女は警察で事情を聴かれた。出火直後に彼女は家を飛び出し、消火の手段を取らなかったことでも彼女には放火の疑いがかけられた。警察は佳則からも話をきいた。佳則は、『火事だといってお母さんに起こされたので、家を飛び出した』と答えた。

佳則は火災以来、浜内家へ居つづけた。

恵介は負傷が癒えず、火災から二か月後、入院先の病院で死亡した。

勝代は、恵介の死亡を見届けるように、ほんの数人で営んだ葬儀の夜、だれにも告げず姿を消した。

半月ばかり経った日、名古屋のデパートから浜内家の佳則宛に普段着と下着が何着か入った包みが届いた。発送依頼人は「舞阪《まいさか》勝代」で、その住所は下田の焼けたままの家になっていた――

4

佳則は浜内家に起居して高校生になった。中学のときから野球をやっていたので、野球部に入り、二年生のときは速球を買われてエースになっていた。野球に明け暮れ、三年生のとき県大会で決勝戦まですすんだ。だが決勝戦の佳則は制球が定まらず、相手校に猛打を浴び、屈辱の完敗を喫し、甲子園行きを逃した。

トネは佳則に大学進学をすすめたが、『勉強するのが嫌だ』とか、『下田をはなれたくない』などといって受験しなかった。

高卒で就職したのは田浦《たうら》工業といって船舶の修理会社。かつて父親の恵介が勤めていた会社だった。

「奥さまは、岩田徳造さんという人をご存じでしょうか」

小仏は、トネの額に刻まれた横皺を見ながらきいた。

「ええ、知っています。何度も会っていましたから」

佳則は、田浦工業勤務中に岩田徳造と知り合った。田浦工業の工場の一画の工事に岩田はきていて作業員を指示していた。佳則は勤務中にちらちらと岩田の姿を見ていた。後に佳則がトネに語ったことだが、工事現場の監督として作業員に大声で指示を出している岩田に惹かれたのだという。

佳則は会社の先輩に誘われて、下田市内の居酒屋へいった。と、そこに、何日間か何度も見ていた岩田がいて、何人かと笑いながら飲み食いしていた。佳則は岩田の席へいって挨拶した。彼は人付合いを積極的にするほうではなかったが、岩田にはまるで吸い寄せられるように近づいた。

岩田のほうも佳則を気に入り、何日か後、食事に誘ってくれた。

佳則は、田浦工業を七、八年勤めて退職し、富士岡建設の社員になった。来る日も来る日も鉄板に鑢《やすり》を掛けている仕事には飽きていた。それよりも山を削って平地にしたり、海辺に岸壁を築く仕事のほうがやり甲斐があるように思われた。佳則は、親代わりになっていたトネに、その気持ちを話して、転職した。

三年後に、西伊豆の漁師の娘の頼子《よりこ》と結婚して、下田市東本郷の中古住宅を住まいにした。その住宅は浜内家の所有で、佳則夫婦に無償で提供していた。

頼子は男の子を二人産んだ。子どもは成長すると、二人とも野球に熱中した。休みの日の佳則はたまに、子どもの野球の練習や試合を観にいっていた。

「佳則さんとは、最近お会いになりましたか」

「あの子は、二か月に一度ぐらいはここへきて、わたしと一緒にご飯を食べたり、お茶を飲んだりしていました。最近というと、一か月ぐらい前でしたね。秋田へいってきたといって、おみやげに稲庭《いなにわ》うどんといぶりがっこを持ってきました。秋田へはなにしにいったのかってききましたら、仕事を取りにいったんだといいました。大会社なら遠方の工事を請け負うことは珍しくないでしょうけど、富士岡建設に秋田から仕事がくるなんてことはないだろうと思ったのできくと、富士岡の仕事が途切れそうなので、営業が必要だといっていました。……わたしはあの子の顔色を見ながら話をきいていましたが、秋田へいってきたというのは嘘で、じつは新潟へいってきたんです。秋田のおみやげを持ってきたけど、それは東京辺りでも手に入ります。新潟は、あの子の母親の志津さんの出身地。志津さんに会いにいったのかもしれないし、志津さんの消息をさがしにいったのかも……」

トネは、自分の湯呑みにお茶を注ぎ足すと両手に包んだ。

小仏は、彼女の湯呑みのあたりを見ていた。

「佳則は、子どものときに別れた志津さんをさがしていたんじゃないかと思います。志津さんが恵介さんと喧嘩をして家を出ていったとき、佳則は四つか五つでしたので、母親の顔は憶えていないのではと思います。それでも、実の親には会いたいもので、口に出したことはありませんでしたが……」

「お母さんに会ったでしょうか」

「どうでしょうか……」

「お母さんに会ってきたとか、消息を知りたくなったので新潟へいったといってもよかったと思いますが」

「わたしに遠慮があったんです。九歳のときから、うちの子のように暮らしていたんですもの」

「お母さんは、新潟にいたとはかぎりませんね」

「そうですね。べつの土地にいて、だれかと一緒になってたかも」

「お母さんが健在だとしたら、佳則さんの事件を知ったでしょうね」

「知ったでしょうか……」

トネは、湯呑みを静かに置くと、「岩田さんの事件から何年も経ちますね」

と、天井を見るように顎《あご》を上向けた。

「五年になります」

「もうそんなに」

そういってしばらく黙っていたトネだが、目を覚ましたようにまばたくと、

「小仏さんは、佳則のことをききにおいでになりましたけど、佳則のことを知って、どうなさるつもりなの」

と、小仏をにらむ目をした。

「森下佳則さんが、なぜ殺されたのかを知りたいのです」

「佳則は、事件に遭ったんですよ。なぜ殺されたかは、警察が調べているでしょ。……警察はいまに佳則がうちにいたことを知って、話をききにくるんじゃないかしら。小仏さんは、佳則がうちにいたことを、どこで知ったんですか」

トネは背筋をぴんと伸ばした。佳則についてあれこれ話してしまったことを後悔しているような表情をした。

「森下さんの家の近所の人が、こちらのことを教えてくれたんです」

「あそことははなれているのに、よけいなことを知っている人がいるものなのね」

小仏は頭を下げて腰を上げた。

「ちょっと、帰らないで」

トネは皺の寄った腕を伸ばした。

「あなたは、人が知りたいことを調べる商売でしたね」

彼女は口調をあらためた。

「そのとおりです」

「佳則のことを調べるようにって、だれかから頼まれたんですか」

「いえ、そうではありません。べつの調査をしていましたら殺人事件を知りました。岩田徳造さんの事件です。その岩田さんと森下さんは会社の同僚で、たいそう親しかったという話をききました。それで……」

トネは小仏の説明にうなずくと、シャツの襟元を平手で叩いた。

「それでは、わたしが調査をお願いします」

「はあ」

思いがけない展開に小仏は目を瞠《みは》った。

「志津さんのことを調べてください。どこでどんな暮らしをしているのか。健在ならば六十八か九です。……もしも佳則の事件を知らなかったら、話してあげてください。それから、九つのときから、結婚するまで、この浜内の家で暮らしていたことも、志津さんにとっての孫が二人いることも」

トネは唇を嚙《か》んだ。佳則をあずかっていたのに、一言もなかった母親に怒りをぶつけているようでもあった。

車にもどると、イソは口を半開きにして眠っていた。ラジオは演歌を唸《うな》っている。

「冷たいコーヒーでも飲んで、目を覚ませ」

「大丈夫。目を瞑《つむ》っていただけだから。……聞き込みにしてはずいぶん長かったけど」

「森下佳則は、旅館をやっていたころの浜内家で、結婚までの二十年間ぐらい暮らしていたんだ」

「へえ。じゃ浜内という家はまるで実家みたいなもんですね」

小仏は、浜内トネから調査依頼を受けたことを話した。

「殺人事件を調べても、一円にもならないけど」

イソは車を出した。

小仏は車内から西条法律事務所へ電話した。三十七年前まで下田市東本郷に住んでいた森下志津の現況を知りたい。彼女は新潟県出身だったということしか分かっていない、と伝えた。

5

小仏とイソが赤糸の湯へもどったところへ、西条法律事務所から報告の電話があった。

森下佳則の母志津の旧姓は「石本《いしもと》」。出生地は新潟県佐渡《さど》市佐和田《さわた》。石本志津は、二十二歳で森下恵介と結婚して、二十三歳で佳則を産んだ。二十八歳で森下恵介と離婚。旧姓にもどって、住所を下田市から新潟県佐渡市佐和田に、そして新潟市西区に移動して、現在そこに居住していることになっている。いま六十九歳だ。

石本志津の出身地が佐渡、いまもそこにいるというので、小仏は佐渡生まれのエミコに電話した。

「佐渡の佐和田っていうところを知ってるか」

「地名はきいたことがあります。真野《まの》湾に面した海辺だと思います」

彼女は四歳のとき母親に置き去りにされた女だ。父親は小規模の旅館を営んでいた。母親は、その旅館へ何度か泊まりにきていた男と恋仲になって、駆け落ちしてしまった。父親は足手まといになったエミコを、新潟市にいる母の姉にあずけた。父親は旅館をやっていく意欲を失くし、廃業したという。『父は何度もわたしに会いにきましたけど、わたしは佐渡にいる父に会いにいったことはありません』といっている。

小仏は佐渡へいくことになるかもしれないと、下田の浜内トネから調査を依頼されたことを話した。

「それでは佐渡へいかなくては。志津さんという人は、息子の事件を知っているでしょうか」

エミコは小首をかしげているようだった。

小仏は赤糸の湯の女将に佐渡へいってくることを断わった。

「志津さんていう人、下田で森下恵介さんと離婚してから佐渡へもどって、そのあと結婚しなかったのかしら」

女将は、小仏が調べてくることを面白がっているようだ。

「正式には結婚した記録はありません。佐渡へもどってからどんな暮らしをしていたのか……」

「四つか五つの佳則さんを下田へ残していった。……夫とは別れても、子どもを手放すことはできないという母親のほうが多いのに」

女将は、緑と金の糸を縒《よ》り合わせた帯に両手をあてた。

次の朝、窓には露がはりついていた。朝がたまで雨が降っていたのだった。

小仏とイソは、列車で東京へ出て、上越新幹線に乗り換えて新潟へ着いた。

新潟は初めてだというイソは窓の外を見て、大都会だといった。信濃川《しなのがわ》をはさんだ対岸には高層ビルが建ち並んでいる。佐渡汽船のりばは信濃川の河口で、窓の外を白い船が行き来していた。

イソは気を利かせて、小仏のバッグを持って佐渡両津《りょうつ》港行きのジェットフォイルに乗った。楽しくてしょうがないといっているようである。乗船時間は一時間あまりだ。出航して十五分もすると島影が黒く見え、たちまち佐渡島に近づいた。島はこんもりとした緑の山であった。

「修善寺温泉の旅館へ招ばれたときは、まさか佐渡へくることになるとは、想像もしなかったな」

小仏がいうと、「いい仕事だね」と、イソは鼻歌をうたいたそうな顔をした。

フェリーはひと揺れして接岸した。両手に荷物を持った人たちと一緒に桟橋を渡った。

国道をタクシーで走って佐和田という地域に着いた。そこは真野湾に沿っていた。温泉が湧くらしく温泉旅館の看板が見えた。もしかしたらエミコの父親は、この辺で旅館をやっていたのかもしれない。

小仏とイソはタクシーを待たせると海岸へ立って南を向いた。小木《おぎ》半島の先端が島のように海に浮かんでいた。

石本姓の家をさがしあてたので声を掛けると、髪に白い筋がまじった主婦が出てきた。家の裏側で作業でもしていたらしく、紺の前掛けをしめていた。

石本志津という人に会いにきたのだがというと、

「志津さんは新潟に住んでいるはずですが」

といわれた。志津とは親戚だが、もう何年も会っていないという。

志津の両親はとうに亡くなった。志津には妹がいて、その人も新潟に住んでいるらしいが、行き来はないという。志津の父親の重吾《じゅうご》は「相川《あいかわ》金山」（佐渡鉱山）に勤めていた。健康を害して会社を辞めたが、働けないからだになったとかで、医者通いをしていたが、

「たしか六十になる前に亡くなりました。大柄で若いときは相撲をとっていました。奥さんは逆に痩せた小柄な人でしたけど、病気がちで、旦那さんより二年ほど前に亡くなりました。志津さんも妹の江利《えり》さんも遠いところへ働きにいっていたという話をきいた憶えがあります。志津さんは五、六年前にふらっとやってきました。生まれたところを見たくなったというようなことをいっていました。そのとき、どこにいるのかってききましたら、新潟だといっていましたが、詳しいことは知りません」

「五、六年前というと志津さんは六十半ばです。元気そうでしたか」

「お母さん似で痩せていましたけど、長く寝るような病気をしたことはないといっていました」

「妹の江利さんは、こちらへきたことがありましたか」

「お母さんと、お父さんのお葬式のときにきたきりです」

葬式ときいて小仏は思いついたことがある。志津と江利の両親の墓はこの近くにあるのかときいた。

「蓮大寺《れんだいじ》というお寺です」

歩いて十分ぐらいのところだといった主婦は、「そういえば、わたしの母がお墓参りにいったついでに、重吾さんのお墓を見にいったら、枯れた花と、燃えつきたお線香の跡があったといっていました。母からそのことをきいて、ひょっとしたら志津さんや江利さんは、両親のお墓参りにきているんじゃないかって思ったものです。お墓参りにきているんなら、うちへ寄ってくれればいいのに」

主婦は、蓮大寺への地図をチラシの裏へ描いてくれた。

「志津さんに、どんな用事があって東京からおいでになったんですか」

主婦は小仏の名刺を見直した。

「志津さんは若いとき、下田に住んでいました」

「下田というと、静岡県の」

「はい。伊豆の下田です」

「遠方へいっているってきいたことがありましたが、それは下田のことだったんですね」

「下田から、なぜ新潟へ移られたのか、そのあたりのいきさつを、ご本人からききたかったものですから」

「志津さんは結婚したときいた憶えがありますが、どうして暖かそうな下田から、寒い新潟へ移ったんでしょうね」

主婦はお茶をいれるといったが、小仏は先を急ぐのでといって主婦に礼をいった。


蓮大寺の墓地は傾斜地に階段状になっていた。入口に近い墓石は色が変わり、角が丸くなっている。段を昇るごとに墓石は新しくなっていた。石本家代々の墓は中央部にあった。重吾の名を見つけた。志津と江利の父である。偉丈夫の人だったというが金山で働いていてからだをこわしたのだろうか。墓石に刻まれた享年に目を近づけると五十八歳となっていた。重吾の妻の秋子《あきこ》は五十五歳で没していた。

墓には枯れた花も線香も燃え滓《かす》もなかったので、墓地の入口にもどって手桶に水を汲んだ。それを持ってもどり、墓石の周りに水を撒《ま》いてから手を合わせた。小仏の無言の動作を、イソは少しはなれたところから眺めていた。

小仏は、空《から》の手桶を持つと、「役立たず」とイソにいった。

「他人の墓なのに」

イソの口にはガムが入っていた。

庫裏《くり》を訪ねた。シャツ姿の和尚が出てきたので、石本重吾さんの家族か係累を訪ねたいので、その住所を知りたいといった。志津が墓参りをしていれば住所は記録されているだろうと思ったのだ。和尚は和紙の表紙の住所録を持ってきて、指先で住所を追った。

石本志津と妹江利の住所は新潟市西区となっていた。姉妹は同居なのだろうか。

山門を出たところで寺の本堂を振り向いた。屋根瓦は陽をはね返しているが、小高い丘を越えてくる風は冷たかった。

「思い出した。かねてからいってみたいと思っていたところがある」

小仏は灰色の雲を流している空を仰いだ。

「この佐渡で……」

「そう遠くじゃないと思う」

タクシーにもどると、尖閣湾《せんかくわん》へいきたいと告げた。

かつては佐渡金山で栄えていた相川を通り抜けた。金山の坑道見学をしたらしい人たちが歩いていたし、観光バスにもすれちがった。

昔の相川は羽田《はねだ》村といってわずか十数戸の漁村だった。慶長六年（一六〇一）に金鉱が発見されたことからにわかに発展した。江戸初期には人口が十万を超えたともいわれ、徳川三百年の金蔵として財政を支えたところである。

尖閣湾に着いた。観光バスが何台もとまっていた。ここは外海府《そとかいふ》海岸の入口にあたる。達者《たっしゃ》から揚島《あげしま》までの約二キロにわたる絶壁の海岸だ。

小仏とイソは展望台に立った。荒削りの断崖の真上である。イソは海から直立する絶壁を見て声を上げるかと思ったら、胸に両手をあてて一歩退いた。断崖の深さに息を呑んだにちがいない。

黒褐色の大岩壁はたったいま裂けたように、大きく口を開けていた。その裂け目に寄せてきた波が衝突して轟音《ごうおん》とともに白い飛沫を散らした。波が引くと岩の淵は白く泡立った。すぐにまた波は押し寄せてきて、巨大な岩を砕くように鳴り、白い玉を四散させた。じっと見ていると、砕け散る波のあいだを飛んでいる鳥がいるのだった。波頭に叩き落とされないものなのかとはらはらするが、鳥は悠然と羽を広げて白い玉のあいだをくぐっていた。

イソは小仏の横にすり寄って、絶壁をのぞいたが、ぶるっと身震いして一歩退いた。荒れ狂ったように岩に嚙みつく波の音と色と振動に、小仏は酔っていたが、イソは、生命が縮むと思うのか、小仏のジャケットの裾を引っ張った。

タクシーのドライバーも岩壁をのぞいたが、

「きょうの荒れかたは、きわ立っている。お客さんは、いい日においでになりました。真冬の荒れる海を見にくるお客さんもいます」

といった。波が少し穏やかな日は遊覧船で海から岩場を見ることもできるという。


新潟へもどる船のなかで日が暮れた。

「なんか、遠くへきたっていう気がしますね」

イソは夕暮れで黒ずんだ海に顔を向けた。佐渡島は闇に溶けてしまったように消えていた。

新潟に着いて、佐渡汽船ビルの長い廊下を出ると、イソはエミコに電話をした。

「伯母さんに言伝てがあるなら、寄ってあげるぞ」

イソは、エミコの伯母の家が新潟市内のどこなのか知らないはずである。エミコはなんと返事をしたのか、すぐに電話を終えた。小仏がイソのゆがんだ顔を見ると、

「エミコのやつ、『ご親切はありがたいけど、よけいなことをしないで』といいやがった」

といって、床を蹴った。「所長。新潟には旨い物がたくさんありそうですよ」

小仏は、これから石本志津を訪ねるべきかどうかを迷っていた。が、イソは、新潟へきた目的を忘れているようだった。

第五章　夏に見る黒い夢

1

新潟駅近くのビジネスホテルで朝を迎えた。小仏は、せまい部屋から外へ出て両腕を思いきり伸ばした。空は曇っていて薄墨色の雲が海のほうから動いていた。これが冬であったら雪が舞うだろうと思われた。

ゆうべは居酒屋で、のど黒とズワイガニと南蛮エビを肴に越後の酒を飲んだ。イソは、景虎《かげとら》、八海山《はっかいさん》、朝日山《あさひやま》など、一合ずつ飲み比べていたが、小仏は北雪《ほくせつ》だけを飲んで、少し酔った。

イソは、仕事を忘れ、どこにいるのかも忘れ、スナックへいこう、とさかんにいった。居酒屋の従業員に近くのスナックの名をきいてきたのだった。日本酒が効いて眠気がさしているらしく、目をこすりながらも、

『所長、早く勘定して、早くここを出よう』

といって立ち上がったが、足がいうことを利かなくなっていた。だが口はまわっていた。

『まさか、ここでメシを食っただけで、帰ろうっていうんじゃないよね。所長はそんな了見のせまい人じゃないよね』

『まさかだ。早く立て。つべこべいってると、大川へ放り込むぞ』

『川へだと。面白い。やってもらおうじゃないの。……なんだよ、刺身の二切れや三切れ食わしただけで、宵のうちから寝ろだなんて、子どもだって目を瞑《つむ》らないよ。……おれはだね、無理難題をふっかけてるわけじゃない。ちょっと隣の店へいって、飲み直そうっていってるだけじゃないか。隣の店にゃ、二十歳そこその、むちっとしたケツをしたねえちゃんが、いるかもしれない。いや、いるんだ。いるにちげえねえ。そういうとこで飲むと、次の日は、いい知恵が浮かんで、いい仕事ができる、そういうものなの。所長、小仏太郎よ。帰りたけりゃ帰っていいよ。……おれはこう、なんていったらいいか、出るとこはちゃんと出て、しまるところはきちっとしまってるねえちゃんと、差し向かいで。ときどき、こんなふうに手を伸ばして……』

小仏は会計をすませると、イソの襟首をつかんで、引きずるようにして店を後にした。

イソは歩道をゆらゆらと揺れながら、鼻歌をうたいながら歩いた。外へ出ると、ねえちゃんの幻想は消えてしまったらしく、あくびとくしゃみをいくつもつづけ、『眠くて、眠くて』といいつづけていた。

八時きっかりに朝食のレストランに入った。テーブルは七割がた埋まっていた。イソは窓ぎわの席でパンにバターを塗っていた。朝から食欲があるらしく、オムレツ、ハム、マカロニ、サラダの白い皿を並べてナイフとフォークを使っている。

「ゆうべの酒は残っていないようだな」

小仏は、ロールパン二個とサラダをテーブルに置いた。

「ゆうべの酒って……」

「越後の酒は旨い、旨いって、何本も飲んだじゃないか」

「肴ののど黒とエビが旨かったのは、憶えていますけど……」

あとは記憶がすっかり消え去っているようだ。

小仏は、これから訪ねることにしている石本志津の暮らしを想像しながらパンをちぎり、ジュースを飲んだ。食事を終えたイソは、小仏の食事のようすを黙って見ていたが、コーヒーを運んできた。

「石本志津という人の住所は、海の近くですよ」

イソは調べておいたらしい。

ロビーで新聞を広げたが、河津七滝の事件は載っていなかった。捜査に進展がないのだろう。

青山《あおやま》という石本志津の住所へはタクシーで向かった。タクシーを降りて二十分ぐらいさがしてその家へたどり着いた。そこは海の近くではなく信濃川が枝岐れした関屋《せきや》分水路の左岸近くの一軒屋だった。軒と壁に最近補修した跡がある。

インターホンを押したが応答がなく、玄関のドアは固く閉じていた。

両隣の家に声を掛けたが、勤めに出ているらしく留守だった。

三軒目に声を掛けると、六十代と思われる主婦が手を拭きながら出てきた。

「石本さんとお付合いはありませんが、ずっと前から知っています」

といった。

石本志津は、関屋分水路に架かる有明《ありあけ》大橋を渡ったところでスーパーマーケットをやっているという。

「スーパーマーケットをですか」

小仏は驚いたという顔をした。

「石本さんは十年ぐらい前までは、魚や肉や野菜を売る食料品店をやっていましたけど、その店をたたむと、近くに広い土地を買ったのか借りたのかは知りませんがサラ地にして、たちまちのうちに大きい二階建てを建てました。それがスーパーマーケットで、そのオーナーは石本志津さんだときいて、びっくりしました。石本さんは毎日、軽乗用車を運転して出ていきますから、店へいっているのだと思います。ピオリアっていう大きい店ですので、すぐに分かります」

「石本さんは独り暮らしですか」

小仏がきくと、主婦は答えに迷ってか手を頬にあてて横を向いた。いいにくいことがあるようだ。小仏は曇り空を仰いだ。鳩が十羽ばかり低いところを飛んでいた。

「十年か、十二、三年前まででしたか、石本さんは同じぐらいの歳の男性と一緒に暮らしていました。夫婦だと思っていましたけど、近所の人の話で名字がちがうことが分かりました。男性はお勤めをしている人だったのでしょうが、毎日決まった時間に出ていくようでした。石本さんも毎日、食料品店へ通っていました」

十数年前、男性の姿がぷつりと消えた。別れたのだろうが、その理由は耳に入らなかった。

男性の姿が消えてしばらくすると、志津より三つ四つ若そうな女性が同居した。顔立ちに似たところがあるので妹ではないかとみている。妹らしい女性も軽乗用車を運転して出掛ける。

「もしかしたら、その人もピオリアへ通っているのかもしれません。妹さんらしい人は痩せていますが、おしゃれです」

志津と一緒に住んでいるのは江利にちがいない。江利も独身のようだ。

「家は石本さんの所有でしょうか」

「大工さんを呼んで修繕していたことがありましたので、ご自分の家だと思います」

六十代の独身女性二人が住んでいる家はほかにはないので、暮らし向きに興味を持っていると主婦は微笑した口に手をやった。


小仏とイソは、ゆったりとした流れの川を見ながら、石本志津に会うべきかどうかを話し合った。

「会うべきでしょう。志津は、息子の佳則がどうなったかを知らないかも」

「そうだな。息子と別れて四十年以上経っている。たまには思い出すことがあるだろうが……」

小仏とイソは、有明大橋を東側へ渡った。上流側を新潟と柏崎《かしわざき》を結ぶ越後線の電車が渡っていた。

スーパー・ピオリアはすぐに分かった。駐車場には乗用車が何台もとまっていたし、駐輪場にも自転車が並んでいた。

店内に入って、食品売り場をひとめぐりした。鮮魚売り場にはのど黒の開きもあった。買い物をしている客のなかには高齢の人が多かった。

二階は日用品雑貨だ。炊事器具も食器もある。奥まった一角でイソは足をとめた。ペット用食品コーナーに並んでいるのは、猫の玩具だった。

「よく考えられている」

珍しいことに、イソは一つ一つを手に取って感心していた。彼は猫が好んで遊ぶ玩具を知っているらしい。小仏は、羽根の先に小さな鈴を付けた赤い棒を振ってみているイソを見ていた。イソは猫を飼っていたことがあったのか。それとも実家には猫がいて、じゃれ合った日があったのではないか。

文具のコーナーの奥が事務室だった。
七、八人の男女がパソコンに向かっていたり、ホワイトボードになにかを書いていた。
事務室へは小仏だけが入って、「石本志津さんはいらっしゃいますか」ときいた。

「はい。わたしですが」

右の壁ぎわから手が挙がった。

小仏は彼女の席へ近寄った。

石本志津は立ち上がって、小仏の名刺を受け取った。名刺を見てからメガネの縁に手をやった。グレーの地に小さな花を散らしたシャツを着ている彼女は、実年齢を疑いたくなるほど若く見えた。

個人的なことをうかがいたいと小仏がいうと、「どうぞ、こちらへ」といってガラスのはまったドアを開けた。その部屋には横に長いテーブルとイスが向かい合っていた。会議や商談などに利用する部屋のようだ。

小仏が単刀直入に、森下佳則に関する件で話をうかがいにきたというと、

「そのことで、どういう方面かは分かりませんが、どなたかがおいでになるのではと思っていました」

といったが、まさか私立探偵が訪れるとは想像の外ではなかったか。

小仏は、ここを訪ねるまでの経緯をかいつまんで話した。

「お調べになった上でおいでになったのでしょうが、わたしは森下佳則の産みの親です。五歳だった佳則を置き去りにした女であります。母親といわれる資格はありません」

彼女はやや下を向いて、わりにはっきりした口調でいった。

「今回、佳則さんが不幸な目に遭ったのを、ご存じですね」

「新聞で見ました。息がとまるくらいびっくりしました。どうしたらいいかと迷いましたけど、いまさら母親だといって、出ていくわけにはいきませんので、ただ念仏を唱えているだけでした。わたしは罪なことをした女です。一時の感情で家を飛び出し

たのですが、幾度かは、もどろうかとか、佳則だけを連れにいこうかと、迷っていました。迷ってはいましたけれど、働いて、暮らしを立てていかなくてはならないので、ただただ、下田のほうを向いて謝っていました」

月日の経過とともに、子どもを置いて家を出たという責任感は薄らいでいったのではないか。

「佳則さんにお会いになったことがありましたか」

「三度、会っています」

最初は、佳則が二十二、三歳のとき。予告なく訪ねてきて、『おれは森下恵介の息子の佳則です』といった。志津はびっくりして、しばらく声が出なかった。そのとき、父の恵介は再婚したが、彼が小学三年生のとき、夜中に家が火事になった。逃げ遅れた父は怪我をして病院へ運ばれたが、数日後に死亡した。父の再婚相手の女性は、父の葬式を終えると、その日にいなくなった、という話をきいた。志津は返す言葉がなく、目を瞑って手を合わせるしかなかった。佳則は、勤めている会社のことと、結婚を考えている人がいることを話していた。

二度目に佳則が会いにきたのは、彼が四十歳になったとき。男の子が二人いて、暮らしは充実していると語っていた。

三度目に佳則が会いにきたのは、一か月あまり前の二月中旬。朝降り出した雪が激しくなり、新潟は一面真っ白になった日だった。佳則は特別用事があってきたのではなかった。志津の顔を見にきただけのようだった。雪は終日降り積もり、列車は不通となったため、佳則は志津の家へ泊まることになった。そこには妹の江利が同居していた。佳則と江利は初めて会った。子どものとき会ったかもしれないが忘れていた。三人で鍋を囲んで酒を飲んだ。飲んでいるうちに佳則は、九歳のときの夏を思い出した。家が燃える夜の夢を年に何度か見るのだと語った。実際に家が火事になった夜、佳則は勝代という継母に叩き起こされて逃げ出した。父の恵介は佳則の隣の部屋に勝代と寝ていたはずだった。後で知ったことだったが、恵介は近所の人の手によって助け出された。救急車が到着したとき恵介は意識を失っていたという。

「佳則は、『母と自分は無傷だったのに、父は意識がもどらないまま入院していた病院で死んだ』という話を、その夜は悔しそうに繰り返し話していました。佳則は恵介のことが好きだったんです。野球を教えてくれたのも恵介だといっていました」

志津はそういうと唇を噛《か》んだ。

「佳則さんは、あなたのことも好きだったし、恋しかったんです。ですから住所をさがして会いにきたんです」

小仏は、ハンカチをにぎった志津にいった。

彼は、この立派なスーパーマーケットを褒め、オーナーなのかときいた。

「いいえ。わたしと妹は役員になっているだけで。一般の従業員と同じです。以前から食料品を扱う店をやっていましたので、仕入れに関してのノウハウをそなえていたというだけです」

小仏は、佐渡へいってきたとはいわず、繁栄を祈るといって椅子を立った。

2

小仏とイソは、列車内からエミコに電話したが、事務所には寄らず、修善寺温泉の赤糸の湯へもどった。

女将は、小仏のみやげ話を待っていた。彼は尖閣湾の断崖絶壁のもようを話した。

「わたし、佐渡へ一度はいってみたいんです。ずっと前にお客さんから佐渡の海の話をききました。真冬の雪の日に尖閣湾を見ると、気絶しそうになるそうです。そういう海を見たいの。二月は比較的ヒマですので、来年一緒にいきましょう。雪が降りそうな日を狙って」

実際に風雪が激しい日は、尖閣湾の展望台には近寄れないのではないか。女将は刺激が欲しいのだ。岩を砕く怒濤《どとう》を直にききたいのだ。

新潟からの帰りの途中、イソはほとんど眠っていたが、小仏は、森下佳則が九歳のときから抱きつづけていたと思われる疑問を考えていた。考えているうちに岩田徳造と森下佳則が勤めていた富士岡建設の高柴社長を思いついた。森下は徳造の人柄に惹かれ彼を慕って転職した男だった。社長は森下の事件に関して警察から話を聴かれているにちがいない。

小仏は会いたいのだがと電話した。

「夜、七時すぎでしたら」

社長がいった。

「私もそのほうが。会社へ訪ねてよろしいでしょうか」

「会社でないほうが。刑事が突然くることもあるし、マスコミ関係者がくることもありますので」

すし屋のいづ九ではどうかときくと、社長は、その店の座敷で会いましょうといった。

小仏はイソに、コンビニの弁当でも食ってろといいおいて、約束の午後七時半にいづ九に着いた。小仏はもうなじみ客になっていた。

社長はまだ着いていなかった。座敷へ上がった小仏の前へはお茶が運ばれてきた。

高柴社長は十五分遅れてやってきた。体格のいい彼は額に汗を浮かべていて、すわるとすぐにおしぼりを使った。

ビールを注ぎ合い、刺身を二、三切れ口に入れたところで、小仏が新潟の石本志津にきいたことを話した。森下佳則が生みの母を訪ねて語った夏のある夜の一大事である。

佳則は寝ているところを継母の勝代に、『火事だ』と、叩き起こされ、外へ飛び出した。その時、父親の恵介は佳則の隣室で寝ていた。

「えっ。勝代という人は、恵介さんを起こさなかったということでしょうか」

社長は、唇についた泡を指で拭いた。

「どうもそういうことのようです。恵介さんは近所の人に助け出されたそうですから。勝代は、事情聴取を受けた警察に、なんて答えていたか知りませんが」

「勝代と佳則は、無傷だったんですね」

社長は目の前のグラスに目を据えた。

「そのようです」

小仏はうなずいた。

「警察はその点に疑いを持って、勝代に事情を聴いたでしょうね」

「結果的には、出火原因はタバコの火の不始末ということで、勝代は放免されたのだと思います」

「勝代の放火だったとしたら、その目的はなんだったと思いますか」

「葬儀のあと、すぐに家を出ていったということですから、保険金目当ての犯行だったとは思えません」

「放火でないにしても、子どもを置いてきぼりにしたところから、薄情な女にみえますね」

小仏は、同感だといってからアワビの刺し身を嚙むと、今夜、高柴と話し合いたかった肝心な点に触れた。

「九歳のときに父を失った森下さんは、岩田徳造さんに、父親のことを話していたんじゃないかと思いますが、どうでしょうか」

「森下は、徳造を慕ってうちへ転職した男です。徳造はしょっちゅう森下を食事に誘っていましたので、森下の身の上話もきいていたでしょう」

高柴は、グラスを持って首をかしげたが、思い出したといってグラスを置いた。

「うちに玉川《たまがわ》という五十代の社員がいます。彼も徳造と一緒に仕事をしていたし、飲み食いも一緒にしていました。徳造が事件に遭ったとき、玉川は警察で、徳造について話をきかれていますが、彼はいくつか知っていることがあったが話さなかったといっていました」

高柴はそういうとポケットからスマホを取り出すと横を向いて電話を掛けた。相手は玉川らしかったが短い会話を終えると、

「玉川はこの近くにいるそうです。すぐにここへきます」

といって、グラスを持ち直した。

十四、五分すると、口のまわりを不精髭《ひげ》で囲んだ男があらわれた。身長は一七〇センチぐらいだろうか。肩幅が広く、胸板が厚い。

社長の高柴は、「ご苦労さん」といってから、小仏を紹介した。

玉川は小仏の名刺を受け取るとじっと見て、

「私立探偵ですか。小仏太郎さん。お名前もいいですね。ご本名ですか」

「本名です」

小仏が答えると、玉川は小仏の名刺を見直した。

玉川はこの近くの店で友人と会っていたのだという。

高柴が玉川のグラスにビールを注いでから、なぜ呼び寄せたかを話しはじめた。

「いま小仏さんからきいたんだが、森下は九歳のとき、自宅が火事になったさいの怪《け》我《が》によって、父親を失ったそうだ」

「そのことを、森下が徳造さんに話していました。話しているうちに森下は、当時のことを思い出して、涙ぐんでいました。たしか森下は、父親が再婚した人に育てられていたということでした」

玉川は小仏のほうを向いて慎重な口調でいった。

小仏は、そのとおりだと答え、森下は徳造に、継母の行方をさがしたいとでもいったのではないかときいた。

「そうでした。思い出しました。徳造さんは森下の継母さがしを引き受けたんです」

「それはいつごろのことですか」

小仏はノートに目を落としてきいた。

「五、六年。いや六、七年前だったかもしれません」

「継母は、舞阪勝代という名です。彼女は、森下さんのお父さんの葬式をすませると、その日のうちに姿を消したそうですが、何日か後、森下さんの着る物を、名古屋のデパートから送っています」

「そうでした。そのことを森下は徳造さんに話していましたので、継母は名古屋に縁のある人じゃないかって、徳造さんはいっていたのを憶えています」

「勝代という女は、火事のあと、警察や消防から事情を聴かれるのが嫌で、逃げていったんだろうが、火事の原因は彼女にありそうだね」

高柴は眉間に皺をつくっていった。

高柴と玉川に会っているうち、小仏はふと下田の浜内トネを思い出した。実の母に棄てられ、継母には置き去りにされた森下佳則を、わが子のように育てた人である。

小仏は、あした、あらためてトネを訪ねることを思い立った。

赤糸の湯へもどったが、イソは部屋にいなかった。彼は、小仏から除《の》け者にされたとでも思い、この温泉街のどこかの店で、自棄酒《やけ》でも飲んでいるのではないか。

小仏は、浴衣とバスタオルを抱えて大風呂へ向かった。

冷たい水を一杯飲んでから、音をたてて湯が注ぎ込んでいる大風呂に首まで浸った。力士のような体格をした人が浸っていて、「こんばんは」といった。小仏も挨拶を返した。

広いガラスのほうを向くと、白い物がちらちらと映っている。露天風呂に例の翁が入っているのだろう。女将の父親だ。毎晩、夜中に露天風呂に入り、浴槽を囲んでいる岩に張りつくように腰掛けているのだ。今夜も託宣をさずかれるかもしれないので、小仏は露天風呂へ移ることにした。

やはり翁はいた。湯面から三、四〇センチの高さの岩に腰掛けていて、なにかをつぶやいている。暗さに目が慣れてくると、翁の真下の湯面に黒い瓢箪《ひょうたん》のようなものが浮いているのが分かった。小仏は腰のあたりまでの湯を漕いで翁に近づこうとしたが足をとめた。翁と瓢箪が会話をしているらしいことが分かったからだ。小仏は首まで沈んだ。湯面にゆらゆら揺れてなにかを口走っている瓢箪に似たものは、イソの首だった。

「そうです。でかいです。身長は一八〇センチぐらいで、体重はたぶん七五、六キロ。

人間は、でかけりゃいいってもんじゃないですよね」

湯面に首だけ出したイソが、岩に腰掛けている翁に向かって喋っている。

翁が嗄《しゃが》れた声でなにかをきいた。

「元警視庁の刑事でした。刑事時代に上司から、『いままでに笑ったことが何度ある』ときかれたことがあるし、あの顔を見て、『なにか話していないと気味が悪い』という人もいます。そうです。顔立ちと同じで薄情で、強引なんです。ええ、そりゃもう厚かましいし、私のことを人間と思っていないんです。私はまるで二十四時間、こき使われているようなものなんです。それでこのあいだ、この世には労働基準法なるものがあるんだが知ってるかってききましたら、そんなものはきいたこともないなんていいました。それだけじゃありません。たとえそういうものがあったとしても、おまえにだけは適用されない、なんていい返すんです。そういって威張りくさっていますけど、ほんとうは私がいなきゃなんにもできない男なの。……たいていの人にはひとつくらい、いいところがあるものなのに、どこをさがしてもそれがない。珍しい男なんです。……あれは人間じゃない。人間の皮をかぶった野獣です。え、今夜ですか。私と二人で伊豆へ仕事にきているのに、野獣は独りで飲みに出掛けています。あんな顔してますけど、結構女好きで、可愛いねえちゃんのいるスナックへでもいって、いまごろは涎《よだれ》と鼻水を垂らしながら、日本酒も焼酎もウイスキーも分からなくなっている……」小仏は、湯面を騒がせずに後ろを向いて、そっと露天風呂を抜け出した。

3

翌朝、小仏はロビーで新聞を読んでから、朝食のレストランへ入った。

イソはいつもの窓ぎわの席で、デザートのイチゴを爪楊枝に刺していた。

レストランには岩田ユリの姿があった。けさの彼女は車椅子を押していた。宿泊客だろうが、車椅子に乗っているのは二十歳見当の男性である。男は足に障害があるのだろうが、手も不自由らしい。彼には母親と思われる人と姉らしい人が一緒だ。その三人が席に着くと、ユリは男性の胸にナプキンを掛けて、なにかを語り掛けた。

小仏は、自分の皿にパンをのせただけで、ユリの動作に気を取られていた。彼女は皿にいくつかの料理を盛ると、車椅子の男性のテーブルへ運んだ。母親らしい人がパンをちぎって男性に食べさせるのを、ユリは傍らで見ていたが、ペーパーナプキンで男性の口もとを拭った。そのようすを見るかぎり、彼女は、ここで働けるよろこびを味わっているようである。

ユリは水を注ぎ足しに小仏たちの席へやってきた。「おはようございます」といった顔には微笑が浮かんでいる。彼女は、何日も滞在している小仏とイソのことをどう見ているのだろうか。まさか自分を観察するためにやってきているとは思っていないだろう。

「ゆうべは、富士岡建設の社長と、どんなことを話したんですか」

珍しいことにイソは仕事の話を切り出した。

「社長は玉川という社員を紹介してくれた。玉川さんは岩田徳造の下で、森下佳則と一緒に仕事をしていた人だった。森下は個人的なことを徳造に打ち明けていた。森下は九歳の夏に起こった出来事も徳造に話していたにちがいない。それは、勝代という継母に対しての疑問だ。勝代の放火によって父親は死んだのではと疑っていたとしてもおかしくはない。当時九歳の森下はどうすることもできなかったが、成長してから振り返ってみると、自宅の火災には不審な点があることに気付いた。それで、逃げるように家を出ていった勝代の、ほんとうの姿といったものを知りたくなったんだと思う」

「森下の話をきいた徳造は、勝代という女の身辺を調べていたんじゃないかっていうんですね」

「徳造は殺された。その原因は、勝代という女の身辺を嗅いでいたからかも」

「勝代は、森下の父親を殺すつもりで放火したのだとしたら、その目的はなんだったんでしょう。彼女は葬式をすませると姿を消したというんだから、森下の父親の生命保険金目当てとは思えません」

「それを、きょうは調べにいく」

「どこへ」

「きょうも天城越えだ」

「またまた格好つけて、下田でしょ」

小仏がコーヒーを一口飲んだところへ、笑顔の女将がやってきた。

「今夜は、面白い話をおきかせできると思います」

小仏は薄化粧の女将の顔を仰いだ。

「そう。楽しみにしています。そうそう、ゆうべ夜中に珍しく父がわたしの部屋へきて、ワインを飲みたくなったといったもんですから、わたしはお付合いをしたんです。そうしたら、今夜は、露天風呂に風変わりな方が入っていらして、図体は大きいけど、からだのなかは氷のような男の話をきかせてくれたといって、けらけら笑っていました。ゆうべは、笑う父を久しぶりに見ました」

女将は軽く頭を下げると微笑を目に残したまま去っていった。

きょうも伊豆の山を越え、ワサビ棚を見て、河津七滝でいったん車をとめた。七滝の殺人現場を見るつもりだったのではない。イソが勝手に車をとめ、無言で降りていき、ワサビ煎餅《せんべい》を買ってきた。小仏が頼んだわけでもないのに、「はい」といって袋のまま煎餅を押しつけた。

ペリーロードの浜内家の玄関の戸は、きょうも一〇センチばかり開いていた。以前営んでいた旅館の名残なのかそれは習《なら》わしになっているようだった。

きょうの小仏は玄関のなかへ入って声を掛けた。先日と同じジーパン姿の女性が、明るい声で応じ、

「おばあちゃんにご用ですね。どうぞお上がりください」

といって、応接間へ通した。

トネという名の老婆は十分ばかり経って、「こんにちは」といって出てきた。

小仏が、予告なく訪ねたことを詫びると、

「かまいませんよ。わたしはたいていいますので」

といってから、きのうは東京からきた人と一緒に、石廊崎《いろうざき》へいってきたといって椅子にすわった。

「石廊崎は、景色のいいところだときいています」

「小仏さんは、いったことがない」

「かねてからいってみたいと思っているところですが、いってみたいところへは、な

かなか。きのうはどこをご覧になったんですか」

「寄せる波が穴を空けた龍宮窟《りゅうぐうくつ》へもぐり込んで、石廊崎灯台を近くから眺めて、そのあと奥石廊のヒリゾ海岸を見ました。奥石廊へは何度もいっていますけど、海のなかに岩が点々とあるあの景色は、眺めていて飽きません。……石廊崎からもどって、市内の宝福寺《ほうふくじ》で、お吉の墓をお参りしてきました」

　彼女はそういってから立ち上がると、きょうも慣れた手つきでお茶をいれ、「どうぞ」と、いい香りの立つ備前《びぜん》の湯呑みを小仏の前へ置いた。

　小仏は、新潟市の石本志津のことを後まわしにして、ききたいことを切り出した。

「三十七年も前のことですが、森下恵介さんの二度目の奥さんだった勝代さんという人についてです。森下家の火事は、もしかしたら勝代さんの放火だったのではないかという見方をしている人がいますが、もしそうだったとしたら、彼女の目的はなんだったのでしょうか」

「恵介さんと別れたかったが、恵介さんが別れてくれなかったという噂《うわさ》がありました。勝代が別れたがっていたのは事実だったと思いますけど、ほんとの狙いはお金だったんじゃないかしら」

「お金……。恵介さんは、現金を自宅に……」

「そう。あの人は銀行嫌いで、銀行にも郵便局にもお金を預けなかった。親が遺したお金も持っていたし、腕のいい職人だったので、会社からは高い給料をもらっていたんです。家には小型金庫を置いて、そのなかへ溜めた現金を入れて、何日かおきに数えるのを楽しみにしていたようです。……自分では飲み食いに金を使うことはあったけど、吝嗇《けち》な性分で、志津さんの買い物にはうるさかったんです。志津さんとのいい合いや喧嘩の原因は、お金のことだったと、わたしは志津さんからきいたことがありました」

「どのぐらいの金額をためていたのでしょうか」

「さあ、分かりません。火事は勝代の放火だったとしたら、そういうことをしてまでも、持ち出したかったお金は、かなりの金額だったにちがいありません」

「火事のあと、金庫のなかはどうなっていたんでしょうか」

「空っぽだったそうです」

「勝代さんは、金庫の開けかたを知っていたんでしょうか」

「火事のあとで消防の人にききましたけど、金庫は鍵を差し込むタイプだったそうです。勝代は鍵の在り処を知っていたんじゃないでしょうか。……現金を勝代が持ち出したかどうかは、彼女が行方不明になってしまったので分かりません。とにかく金庫は空だったということです」

森下恵介は火事のさいの怪我がもとで死亡したのであるから、勝代には放火と殺人の嫌疑がかかっている。しかし彼女は行方不明。その事件から三十七年が経過し、すでに時効が成立している。

小仏は、新潟へいって石本志津に会ったことを話した。これはトネから依頼されたことだったので、報告である。

「志津さんは、石本という名字だったんですか」

「旧姓にもどったんです。十年ほど前まで食料品の販売店をやっていたが、現在は大規模のスーパーマーケットの役員になっています」

「勝気な人でしたから、きっと事業で成功するでしょう。下田にずっといたとしても、事業を興していたかもしれませんね。志津さんはいまいくつですか」

「六十九歳です。とてもその年齢には見えなくて、若々しいです」

「下田にいれば、孫の成長を楽しみにしていたでしょうし、佳則がこんなことにはならなかったかも……」

トネは胸の前で手を組み合わせると天井を向いた。頼まれたわけでもないのに、わが子のように育てた佳則をしのんでいるようだった。

トネの話で舞阪勝代の犯行動機が推測できた。

岩田徳造は、森下佳則から勝代という継母のデータをきいたにちがいない。自宅が火災に遭ったとき佳則は九歳だったので、父母に関してのデータは少なかったはずだ。彼は成長するにつれて火災の原因の不審と継母勝代への疑問がふくらんでいった。大人になった彼は、勝代が父の妻になる以前の事柄なども調べたのではないか。そしてそのことを徳造に話した。徳造は佳則の話から勝代の人柄とともに身辺データもある程度つかんだ。そのデータをもとに勝代を追跡していったとも考えられる。

徳造は殺されかたから、犯人の殺害動機は痴情がらみの怨恨によるとみられているようだが、じつは秘密の暴露を怖れる者の犯行だったのではないか。その犯人は、舞阪勝代の可能性が考えられる。彼女には、放火と殺人の嫌疑がかかっている。それを本人は承知しているだろう。なぜ放火したのかが浜内トネの話で見当がついた。夫の恵介が憎くなったので、就寝中を狙ったのではない。夫が溜め込んでいた現金が欲しかったらしい。

夫がいないときに家のなかにある金庫から現金を盗んで逃走することも考えたろうが、それでは夫に犯行がバレてしまう。バレない方法は一つ。夫を殺してしまうことだった。

勝代は、九歳の佳則を置いて姿を消した。が、罪滅ぼしに佳則の着る物をデパートから送った。それは良心の呵責《かしゃく》だけではなかったろう。四、五年一緒に暮らした佳則に対する愛情があったからではないか。不憫《ふびん》という思いも募ったにちがいない。火災が発生したとき、勝代は隣室に寝ていた佳則を叩き起こしている。勝代と佳則は外へ飛び出し、炎を上げる家を見つめていただろう。そのとき佳則は、勝代の手をにぎっていたかもしれない。いや、勝代が佳則の手を固くにぎってはなさなかったのかもしれない。燃えている家のなかには父がいる。助け出そうとして佳則は、炎のなかに飛び込みそうだったからではないか。

4

小仏は、岩田徳造の妻の安江の家を訪ねた。二度目である。先日は彼女の娘の左知子の消息をきいたが、二年ばかり会っていないし分からないといわれた。それで電話番号を教えてもらいたいといったところ、教えられない、とにべもなく断わられた。

彼女は、娘とも孫のユリとも会っていないといったが、それは嘘ということもある。徳造が事件に遭ってからは警戒するようになり、めったな人には身内のことは話したくないということなのか。

小仏はきょうも表札の下のインターホンに呼び掛けた。

「ちょっと待ってください」

この前と同じ嗄れ声がそういった。

二分ほど経って、玄関の戸が開いた。

「この前の方ですね」

白髪頭の安江は小仏の全身をあらためる目をした。

「はい。何度もすみません。どうしてもおうかがいしたいことがあるものですから」

小仏が頭を下げると、安江は、「どうぞ」といって、玄関のなかへ入れた。靴箱の上には菜の花が活けてあった。上がり口には女ものと思われる小ぶりの黒い靴が一足そろえてある。

きょうの彼は、左知子やユリに触れないことにした。

「森下佳則さんをご存じでしたか」

小仏は、彼女の額に刻まれた横皺を見てきいた。

「ここへ何度かおいでになった人です」

「徳造さんの部下です。徳造さんを慕って富士岡建設の社員になった人だったのを、最近知りました」

「そうでしたか」

安江はちらっと小仏の顔を見てから目を逃すように横を向いた。

「その森下さんが、亡くなったのをご存じでしょうね」

「はい」

「修善寺から下田の自宅へ向かう途中で、不幸な目に遭いました」

「あなたは……」

安江はキツい目をした。「なにをお調べになっているんですか」

「修善寺へきてから岩田徳造さんが遭われた事件を知りました。その事件は未解決だったので、なぜだろうと思うようになって、徳造さんをご存じの方から話をきくうち、べつの事件を知った。その別の事件を詳しく知ろうとしたところ、徳造さんに行き着いたんです」

「徳造に行き着いたとは……」

「私のいう別の事件を、徳造さんがお調べになっていたことが分かったんです」

「べつの事件って、どんな事件のことですか」

安江は瞳を光らせた。その目には力がこもっている。

「森下佳則さんは九歳の夏、自宅が火事になって焼け出されました。その当時の彼は、恵介というお父さんと継母の勝代という人との三人暮らしでした。継母と佳則さんは、早く火事に気付いて逃げ出したので無傷でしたが、恵介さんは寝込んでいて、近所の人に助け出されましたが怪我をしていたため、病院へ運ばれました。しかし怪我はよくならず、亡くなりました。恵介さんの葬式がすむと、継母はその日のうちに姿を消してしまいました。家出と同じです。佳則さんはそのことを、ずっと胸のなかにしまい込んでいたにちがいありません。五年か六年前、いやもっと前だったかもしれませんが、胸のなかにわだかまっていた疑念を、徳造さんに打ち明けたんです。……つまり自宅に火をつけたのは勝代ではないか。父を殺そうとしたらしいが、その動機はなんだったのかを知りたい、と話したのだろうと思います」

安江は小仏の話にうなずくように顎《あご》を引くと、座布団を持ってきて、黙って上がり口へ敷いた。じっくり話をききたいという意思のあらわれのようだ。

「佳則さんの話をきいた徳造さんは、勝代の行方をさがしていたのではないでしょうか」

安江は腕組みすると目を瞑った。白髪頭を少しかたむけた。そのまま眠ってしまうのではないかと顔を見ていると、眉をぴくりぴくりと動かしていた。

五分ほど目を瞑っていたが、片方の目をこすりながら開けると、小仏をにらんだ。帰ってくれといわれるのかと思ったら、

「名前は忘れましたが、岩田は女の人のことを調べていました。娘の左知子を呼びつけて、なになにを調べてくるようにと、いいつけていたこともありました」

と一点に目を据えていった。

「左知子さんを……」

小仏はついつぶやいた。忘れがちだった左知子の名が突然出たので緊張が走った。

この前、小仏がここを訪ねたとき安江は、半年ほど前から左知子の住所が分からなくなっていることを知らない、といっていた。安江は現在も左知子の住所を知らないのだろうか。知っていたが、初対面の小仏を追い返すために嘘をついたのか。

「徳造さんが調べていた女性は、舞阪勝代にちがいありません。徳造さんは左知子さんの手を借りたりして、勝代の住所をつかんで、彼女に会ったのではないでしょうか」

「さあどうでしたか。わたしには詳しいことをいいませんでした」

「徳造さんは事件に遭われたのですから、警察は奥さんにも話を聴きにきたでしょうね」

「きましたよ。うるさいくらい。……岩田は見苦しい死にかたをしたんです。ですからわたしは、修善寺のほうで起きたことは、知らない、分からないで通しました。ほんとうに知らなかったんですから」

徳造は、勝代の住所を突きとめて、会いにいったとしたら、どうやって住所なり、あるいは勤務先などをさがしあてたのだろうか。

小仏は西条法律事務所に依頼して、舞阪勝代の公簿を調べてもらった。その結果、彼女は森下恵介と一緒に住んでいたが婚姻はしていなかったことが分かった。住所は下田市内で三か所に移動していた。最後の住所は恵介と同じところである。その後は住民登録を怠っていたため、職権によって消除されている。つまり住所不明者だ。本籍地は、静岡県浜松市中区佐鳴台《さなるだい》。婚姻歴はなく、現在六十五歳。

小仏は、左知子の住所を安江にきいた。すると安江は横を向き、

「修善寺にいるようですけど、正確な住所は知りません」

と、つぶやくような小さな声でいった。知っているが教えられないということかもしれなかった。そうだとすると左知子は人にはいえないことをやっているのではないか。左知子のやっていることを安江は知っている。だから住所も電話番号も教えないのだろう。

つい先日のことだが、赤糸の湯の女将は、ユリを訪ねてきたらしい中年女性を見かけている。その女性はユリと立ち話をしていた。女将の印象では、二人はなんとなく似ていた。ユリと会っていたのは左知子だったのだろう。たったいま安江は、左知子は修善寺にいるといった。左知子が修善寺に住んでいることと、ユリが赤糸の湯で働いていることとは密接な関係があるにちがいない。

ユリが赤糸の湯で働きたいと希望した理由は、母親の左知子が修善寺に住んでいるからだったのだ。二人が修善寺に住むことにしたのは温泉が湧くからではない。比較的気候が温暖で富士山を眺めることができる土地だからではないだろう。二人には、

それまでの職業を棄ててもやらねばならないことがあるにちがいない。それが修善寺なのだろう。

　小仏は安江に、また訪ねるかもしれないといって背中を向けた。安江はなにもいわなかったが、小仏の後ろ姿を見送っていいそうな気がした。


　小仏は、舞阪勝代の公簿上の住所を逆に追うことにした。

　彼女の公簿上の最後の住所は、下田のペリーロードの一筋奥だ。森下恵介、佳則父子と一緒に住んでいたところで、「浜内屋」という旅館の裏側にあたる一角だった。三十七年前の夏の真夜中、その家は火事になり、半焼した。その後、一年間ぐらいは焼けたままの姿になっていたが取り壊され、新しい家が建ち、森下家とは無関係の人が住んでいる。

　勝代が森下父子に同居する前の住所は、下田市敷根《しきね》のアパート。そのアパートは何年も前に建て替えられていた。家主方を訪ねて舞阪勝代という人が住んでいたはずだがときいたところ、「それは私の親の代のころのことです。両親ともとうに亡くなっているので、建て替え前のアパートのことは分かりません」といわれた。

　その前は下田市一丁目の宝福寺近くのアパートだった。そのアパートも建て替えられていたが、家主は、「金目館《きんめかん》に勤めていた人じゃなかったかな。私の記憶ちがいでなければ、わりに背の高い器量よしの人だった。女なのにくわえタバコで歩いていたのを憶えています。……思い出した。うちのアパートを出ていって何年か経ってから、和菓子屋でばったり会いましたよ」

「その女性は、和菓子屋に勤めていたんですか」

「いいえ。私と同じでお菓子を買う客だったんです。そのときもたしか金目館に勤めているといっていました」

「アパートでは、独り暮らしでしたか」

「独り暮らしでした。なにか問題を起こしたような入居者じゃなかったと思います」

金目館というのはわりに大きい居酒屋で、安直楼《あんちょくろう》の近くだと教えてもらった。

車にもどって、金目館へいくぞとイソにいうと、

「甘辛のタレで炊いた金目鯛でメシを食いたいですね。ねぇ、所長」

イソは、朝、目覚めたときから飲み食いを考えているのではないか。

「おれは食いたくない。金目は嫌いだ」

「嘘だ。この前は金目鯛の刺し身を五つも六つも食ったくせに」

「金目だとは知らずに食ったんだ」

安直楼はすぐに分かった。安直楼というのは、アメリカの初代駐日総領事ハリスの世話役となったお吉が、晩年開いていた料亭だ。金目館はそこのすぐ近くで、わりに

大きそうな店である。

開店前だが入口の引き戸は施錠されていなかった。細かい格子の戸を開けて小仏は薄暗い店内へ声を掛けた。

返事があってしばらく経ってから四十代と思われる太った女性が出てきて、

「開店は五時半からですが」

といった。

小仏は、ずっと前にこの店に勤めていた女性のことをききにきたのだといった。

「ずっと前というと、何年ぐらい前ですか」

「三十数年、いえ、四十年ぐらい前かもしれません」

彼女は、「四十年」とつぶやくと、奥のほうへ去っていった。年嵩の人に、妙なことをききにきた男がいるとでもいうのではないか。

5

店の奥から、光った頭をした太って腹の突き出た年配の男が出てきた。たぶん六十代だろう。この店の最古参にちがいないし、主人かもしれなかった。

小仏は、四十年ぐらい前、舞阪勝代という人が勤めていたときいたので、と訪ねた理由をいった。

男は返事をせず、突き出た腹に片方の手をあてて小仏の素性を確かめるような顔つきをした。

小仏は名刺を出し、舞阪勝代が勤めていたら、ききたいことがあるといった。

男は、小仏の顔と名刺を見比べてから、「こちらへどうぞ」といって、衝立で仕切られたテーブル席をすすめ、深川《ふかがわ》仁一郎《じんいちろう》と刷られた名刺を出した。肩書は店長だ。黙っているが勝代を知っているということだろう。

「舞阪勝代さんは、私がまだ見習いのころ勤めていました。小仏さんはどんな理由で勝代さんのことを調べているんですか」

深川は勝代に「さん」を付けたので、小仏も呼び捨てにしないことにした。

「勝代さんは、下田で森下恵介さんと一緒になりました。恵介さんには別れた奥さんとのあいだにできた男の子が一人いました。つまり三人暮らしをしていたんです。……男の子が小学三年生の夏のことです。真夜中に自宅が火事になりました。勝代さんは隣室に寝ていた男の子を叩き起こして避難しましたが、恵介さんは逃げ遅れたために怪我をして病院へ運ばれましたが、数日後に亡くなりました」

深川は腕を組んで目を瞑って小仏の話をきいた。

「恵介さんの葬式は、近所の人たちの手を借りて執り行ったということです」

「小仏さんは詳しいですね」

深川は目を開けた。

「近所の人からききましたので。……恵介さんの葬式はすみましたが、勝代さんは、その日のうちに家を出ていってしまいました。九歳の男の子は置き去りにされました」

「気の毒に。男の子は路頭に迷ったのではないでしょうか」

「近所に奇特な人がいて、親が亡くなり、家もなくなったその男の子を引き取って、自分の子のように育てたんです」

「世のなかには、子どもを棄てていく者もいれば、他人の子を自分の子のように育てるという奇特な人もいる。……で、小仏さんはどういうことをお調べになっているんですか」

深川は、ぎょろりとした目を向けた。

「勝代さんの行方をさがしています」

「なぜ……」

「火事の原因に不審な点があるからです」

「そういうことがあるとしたら、警察か消防が調べるのでは……」

「警察か消防は、勝代さんのことをききにこちらへきましたか」

「きていません。出火原因に不審な点がないからじゃないですか」

「勝代さんは、恵介さんと同じ部屋に寝ていたはずです。それなのに出火直後、隣室に寝ていた子どもを起こして、避難しているんです。そのほかにも勝代さんには不審な点があるんです」

「そういうことがあれば、警察が捜査をするのでは……」

「捜査したでしょうが、勝代さんの行方が分からなかったし、証拠も挙がっていない。火事を事件と捉えたとしても、証拠をつかめないし、そのうちに時効がきてしまったということだと思います」

「それを私立探偵の小仏さんが、どうして調べているんです」

「自宅が火事になったとき、勝代さんによって避難することができた子は、成長して、家庭を持ち、二人の子どもの父親になっていましたが、つい先ごろ、河津七滝の絹の湯で殺されました」

「えっ。七滝で殺されたのは、森下佳則さんですよ」

深川は、目玉を落としそうな顔をした。

「ご存じでしたか」

「いいお客さんでした。……そういえば……」

深川は首をかしげると腕を組み直した。なにかを思い出したらしい。

小仏は深川の表情の変化を観察した。

「四、五年前でしたが、修善寺温泉のアパートで、岩田徳造さんという人が殺された」

深川は光った頭に手をのせた。

「岩田さんをご存じでしたか」

「その人もいいお客さんでした。仕事の関係で修善寺にいることが多いようでしたが、自宅は下田なので、ちょくちょく帰ってこられました。帰ってくると仲間を集めたりして、食事にきてくれたんです。人をまとめることの上手な人だとみていましたが、殺されたなんて、信じられなかったですよ。そういえば、森下さんは岩田さんと一緒に食事に……。二人とも不本意な亡くなりかたをしたが、まさか二人の事件は関係があるというんじゃないでしょうね」

関係がありそうだと小仏がいうと、深川は思い出したことでもあるのか、光る頭に手をのせたまま首をかしげた。記憶を整理しているといった表情だ。

「森下さんから、勝代さんのことをきかれたことをいま思い出しました。五、六年前だったと思います」

深川の頭には記憶が少しずつ蘇ってきたようだ。

「森下さんが勝代さんのことをきいたのは、徳造さんが事件に遭う前ですか、後でしたか」

「後でした。岩田さんが事件に遭ったことを話しているとき、森下さんから、勝代を憶えているかときかれたのだったと思います。なぜ勝代さんを知っているのかと私はききましたら、じつは勝代さんは父と結婚していたといったので、びっくりしたんです。勝代はたしか結婚するといってこの店を辞めたんです。私には関係のないことだったので、彼女のことはとうに忘れていました。森下さんの口から勝代さんの名をきいて、彼女が勤めていたころのことを思い出しました」

「そのとき森下佳則さんは、自宅が火事になったことを話していましたか」

「いや、火事の話をきいた憶えはありません」

「森下さんは、勝代さんのなにを知りたかったのでしょうか」

「森下さんは、勝代さんはお父さんと別れたといっていたような気がします。彼女はいま、どこでなにをしているのかを知りたかったんじゃないでしょうか。たしかそんなふうな口ぶりでした」

「勝代さんは、下田市内か付近にいそうだと思っていたのでしょうか」

「そうかもしれません。森下さんは勝代さんの行方を真剣にさがしていたでしょうが、そのとき私は、話のついでにきいたぐらいにしか受け取らなかった。森下さんは、岩田さんの事件には勝代さんがからんでいるとでも思っていたんでしょうか」

「あるいはそうかもしれません。そうだとしたら、勝代さんに関する噂でも耳に入れて、彼女が下田にいそうだとにらんだ。森下さんが勝代さんのことをきいたころ、勝代さんに関する噂なんかは伝わってきていませんでしたか」

「彼女の噂なんかはまったく。森下さんに勝代さんのことをきかれるまで、私は彼女のことを忘れていました」

小仏は、かつてこの店で働いていた当時の勝代のようすをきいた。

「口の利きかたも身動きもテキパキしていて、よく気のつく女だとみていました。きれい好きだったし水商売には向いていました。板前からなにか注意されても、けろっとしていましたから、淡泊な性格だったんでしょうね」

出生地は浜松市だが、どんな縁で下田へきたのかを小仏はきいたが、深川はそれは知らないといってから、

「ひとつ思い出したことがあります」

といって、人差し指を動かした。「彼女は字を習っていました」

「字を……」

「中学を出て、すぐ働きに出され、人に手紙を書いたことがない。年賀状ぐらいは書きたいのでといって、カウンターで毎日、漢字の練習をしていましたし、国語辞典を一冊持っていました。感心だと、褒めてやったのを思い出しました」

「年賀状や手紙を送りたい人がいたのでしょうね」

現在の金目館には深川のほかに勝代を知っている従業員はいないという。

小仏は、開店前の忙しいときに邪魔したと頭を下げた。

「私には、カウンターで漢字の練習をしていた勝代さんの記憶が濃く残っていて、小仏さんのいう彼女とは結びつかないような気がします」

深川は椅子を立ってからいった。

くわえタバコで歩いていたり、タバコをくわえたまま台所に立っていた勝代とは別人のようだという。小仏のイメージにある勝代は、真夜中なのにきちんとした身支度で、九歳の佳則の手を固くにぎって、たぎり立つ赤い炎を見つめている勝代である。

車にもどった。イソはカシャカシャという音のする袋に手を突っ込んで、ワサビ煎餅を食べていた。

小仏は助手席にすわるとノートにメモを取った。

「勝代は、金目館に勤めていたんですね」

イソはワサビ煎餅の匂いのする口できいた。

「勤めていた」

「あばずれの女の片鱗《へんりん》を見せていましたか」

「店のカウンターで、傍らに辞書を置いて、漢字の練習をしていたし、仕事はてきぱきとこなして、気の利く従業員だったんだ」

「へえ。すれっからしになる前は、純朴な女だったんだ」

「おまえのように、生まれたときから手のつけようのない不良じゃなかったんだ」

「生まれたときからはひどいじゃないですか。……おれも大学めざして、勉強してた時期があるんです。途中で投げ出しちゃったけど。……所長は曲がりなりにも、大学を出ているんだよね」

「人のことを、曲がりなりにもはないだろう」

　ワサビ煎餅の匂いが車内に立ちこめたので窓を下ろした。イソは最後の一枚を小仏の鼻の前へ差し出した。

「おれは煎餅が嫌いだ」

「ふん」

　イソは煎餅を前歯でパリッと割った。

　宝福寺へ立ち寄った。坂本龍馬《さかもとりょうま》飛翔之地の石碑と龍馬の像があったが、小仏とイソはお吉の墓に惹かれた。墓石は古びて変色していた。消えかけた文字に向かって二人は手を合わせた。唐人お吉記念館があって、お吉が所持していた物やお吉を描いた絵などが陳列されていたが、二人は美人像の前で頭を下げた。

「所長は、岩田徳造と森下佳則殺しで、勝代が怪しいとみていますね」

イソは美人像の前で唐突にいいはじめた。

「そのとおりだ」

「勝代は、六十五歳ですよ」

「そうだ」

「徳造が寝ているアパートの部屋へ忍び込む。森下の場合は、七滝の坂道の途中にある洞窟内に誘い込んで刃物で刺す。両方とも六十代の女がやったこととは思えないんです」

イソは等身大の人形の顔をにらんでいる。

「もっと若い者の犯行だっていうんだな」

「犯人は、犯行に失敗した場合どうするかを頭に入れていたはずです。徳造の場合、彼が眠っていなかったら、逃げ出さなくてはならない。……森下の場合も同じで、気付かれたら逃げなくちゃならない。逃げるには六十代の人間は無理。犯行を計画したとしても、実行の自信はなかったと思います」

「六十代の人間は、どういう方法での殺害を考えるんだ」

「たとえば、夜間一緒に歩いていて、暗がりに差しかかったところで刺すとか」

イソはほかに見学者がいないからか、小仏の横腹に拳《こぶし》を打ち込んだ。

第六章　夜の会合

1

赤糸の湯にもどった小仏は女将に、きょう下田で知り得たことを話した。

彼女の最大の関心事は、森下佳則の父・恵介の妻だった舞阪勝代が放火の犯人だったとしたら、その犯行動機はなにかだった。小仏もそれを知りたくて下田の浜内トネに会いにいったのだ。

「恵介さんという人は銀行嫌いで、親から受け継いだお金や自分が稼いだお金を、自宅の小型金庫に収めていたそうです。火事の後、金庫をあらためたら空っぽだったそうです」

小仏は化粧をととのえた女将の顔に視線を注いだ。

「勝代という人がお金を持って逃げたのでしょうが、家を焼かなくてもいいのに」

「金庫からお金がなくなれば、勝代のしわざだと分かってしまう。だから火事を起こして寝込んでいる恵介さんを死なせることを考えたんでしょう」

「勝代という人には、急にお金が必要なことがあったんじゃないかしら」

女将は瞳をくるりと動かした。

そうか。勝代は単に金が欲しかっただけではなく、身辺にまとまった金の必要な出来事が起こった。それで放火と殺人を思い立ったのか。その前に夫である恵介に、金が要ることを話したが、彼は用立ててくれなかったのか。それとも夫には話すことのできない事情があったのだろうか。

「森下恵介さんの奥さんになる前の勝代さんは、下田の金目館に勤めていたんでしたね」

「はい」

女将の目は一点を見てとまった。

「勤めぶりは、どんな人でしたの」

「てきぱきとしていて、若いのに気の利く働き者でしたし、手紙を書けるようになりたいといって、店のカウンターで漢字を練習していたそうです」

「ひまだと、なにか食べているような人じゃなかったのね。……小仏さんは、勝代を捕まえたいんでしょ」

「ええ。健在だと思いますので」

「身内の人に会いにいったらどうかしら」

勝代の出生地は浜松市だ。そこには係累が住んでいそうだ。

三十七年前、森下恵介の家が焼け、怪我《けが》をした恵介は病院で死亡した。放火の疑いがあるとみた警察は、行方をくらました勝代の身辺を調べるために、彼女の郷里で係累にあたっていただろう。しかし彼女の行方をつかむことができないため、事情を聴けないし、検挙もできなかった。

小仏は、きょう下田で岩田安江に会ったが、彼女が口にした一言を思い出した。娘の左知子は現在、修善寺にいるようだといった。正確な住所は知らなくても電話番号は知っている。訪ねていくわけではないので、住所などどうでもいいのではないか。左知子が修善寺にいるので、ユリは赤糸の湯に勤めることを希望したのだろう。左知子が修善寺にいることについては、それ相当の理由があるはずだ。

小仏は、あす浜松へいくことにした。

「その結果を、また話してくださいね」

女将は目を細めて椅子から立ち上ると、帯を平手でぽんと叩いてから応接室を出ていった。

ロビーへ出ていくと、イソは売店に近いソファでなにかを見ていた。小仏が近寄るとイソは見ていた物をさっと隠した。妖《あや》しい写真でも見ていたのではないかときくと、そうではないといって、黒い表紙のポケットノートをジャケットの内ポケットにしまおうとした。

「おれに見せられないような物を、持ってるのか」

「恥ずかしいからだよ」

「恥ずかしいだと。おまえらしくない科白《せりふ》じゃないか。どう恥ずかしいか見せてみろ」

イソは小仏の顔を見ながら古ぼけたノートを差し出し、

「笑わないでよ」

といった。ノートは群馬県の農協が発行した十数年前のダイアリーだった。なにも書いてない。小仏は十ページほどめくった。イソは恥ずかしいといったのだからなにかが書いてあるか、なにかをはさんでいるにちがいなかった。

なおページをめくると黒い字で「父のいいつけ」という文字があらわれた。次のページにやや大きい下手な字が並んでいた。

○両親の生活は心配しないこと

○金の貸し借りは絶対にしないこと

○パチンコをふくむ賭け事はしないこと
○酒は自分の金で飲むこと
○好きな女ができたら織恵《おりえ》に紹介すること
○女を見て織恵が反対したら別れること
○ご飯は「旨い」といって食べることだが、旨い物は買わないこと
○休みの日はすみずみまで拭き掃除をしてすごすこと
○人を見下すような言葉を使わないこと
○だらしなく長生きしないこと

「ほう。父の十訓か。おまえの親父はこれを守ってきた人なんだな」

「どうだか。おふくろとしょっちゅういい合いをして、いま両親は別居しています」

「親父が厳しすぎるのかな。……織恵って、どういう人のことだ」

「おれの妹」

「好きになった女を、妹に見せたことがあるのか」

「ない」

イソは、小仏の手からノートを奪い取った。

「父の十訓のなかで実行していないことがいくつかあるな」

「ないと思うけど」

「『ご飯は「旨い」といって食べることだが、旨い物は買わないこと』っていうのはいい。口を奢るな、つまり不相応な贅沢《ぜいたく》をするなっていってるんだ。最近のおれたちは口を奢りすぎてる。それから、『だらしなく長生きしないこと』も。おまえはそろそろ考えたほうがいいと思うが」

イソは小仏のいっていることがきこえていないように、両手を高く挙げて伸びをし、

「所長。今夜はなにを食いにいきましょうか」

と、真顔でいってあくびをした。


女将が小走りにロビーへやってきた。小仏とイソがいるソファに近寄ると、胸を押さえた。走ってきたので呼吸をととのえているのだった。

「いま分かったんですけど、ユリはあした休みです」

女将はそれだけいうと、くるりと背中を向けた。きょうの帯はコーヒーのような色だが、金色の線が二本浮いている。

小仏とイソは外へ出るとぶらぶらと歩いた。イソは、いづ九のすしを食べたいといったが、小仏はきこえないふりをして桂川に架かる虎渓橋《こけいばし》を渡った。

「いづ九は反対だよ」

「おれは、安そうな居酒屋をさがしてるんだ」

「時間の無駄。いづ九でいいじゃない」

「さっき、親父の戒めの書を読んだばかりじゃないか。いづ九は高級店なんだぞ。おれたちには不相応なほど値段が高いんだぞ」

「そういうわりには、所長は何度もいってるじゃないの」

「おれは仕事で使ってるんだ」

入口の障子にオレンジ色の灯が映っている店があった。小ぢんまりとした居酒屋だ。

「肴が旨くなさそうだけど」

イソは鼻に皺をつくった。

「腹がふくれりゃいいんだ」

「温泉街にいるっていうのに、なんという情けないことを」

障子を開けると、

「いらっしゃい」

という男女の威勢のいい声が迎えた。

五十半ばに見える男はねじり鉢巻きをしていた。奥から出てきたのは二十歳そこそこの丸顔の女性で白いTシャツ姿だ。ほかに客はいなかった。居酒屋はこれからという時間なのだろう。

小仏とイソはカウンターに並んで、日本酒を頼んだ。小仏が最初から日本酒にしたのには意図があった。イソを早く酔わすためだ。

突き出しは、なすの梅肉あえ。甘酸っぱくて日本酒に合う。

次にきんきの煮つけと、いか大根にした。いか大根は色濃く煮上げてあるが辛くはない。

「所長。ここの料理は旨いですね。いづ九よりずっと旨い」

「声がでかい」

主人も女の子もきこえないふりをしているが、客の話には耳を澄ませているはずだ。

「所長はさっき、おれの親父のことをきいたけど、所長の親父さんは、早死にだったんですね」

「五十二だった」

「警察官だったんでしょ」

「駐在を希望して、東京・西多摩の檜原《ひのはら》村駐在所に赴任して、そこに勤務しているうちに発病した」

「がんだったっていってましたね」

「胃がんだった。何人かに痩せた痩せたっていわれたので、立川《たちかわ》の病院で診てもらったら、即入院っていわれたんだ。手術を受けたが、ほかの臓器に転移していて、入院から半年で亡くなった」

「病院で」

「退院していたが、まったく物を食わなくなったんで、おふくろが入院させた。再入院後一週間で亡くなったが、その間、おふくろはずっと付添っていた。おふくろは、親父の葬式を終えた日に倒れて、十日ばかり寝込んでいた」

「親父さんが亡くなったとき、所長はいくつだったの」

「二十歳。学生だった。新宿に下宿していた。妹は中学生だったし、おふくろは暮しの心配をしていたんで、おれは大学を中退しようと思って、それをおふくろに話したら、中退は許さないっていわれて、下宿へ追い返された」

「おふくろさんは、しっかり者なんだね」

妹は会社員と結婚して、子どもが三人いる。いまも檜原村に住み、母は妹の家族と一緒に暮らしている。

「おふくろさんは、出来のよくない息子のことを、たまに思い出して、溜息をついてるだろうね」

「出来のよくないって、おれのことじゃないのか」

「ほかにいないじゃん」

イソは、きんきの煮つけも、いか大根もきれいに食べたが、もの足りないらしく、壁に貼られているメニューをにらんだ。

「おれは焼きおにぎりにする。お前もおにぎりにしろ」

イソは嫌いやうなずいたが、おにぎりが焼き上がる前に、手羽先の香味揚げをオーダーした。酒はグラスで三杯飲んだ。イソは四杯飲むと酒をこぼしたり箸を取り落とすようになるし、カウンターに顔を伏せて動かなくなることもある。

それを忘れたように彼は四杯目を頼んだ。酒は女の子が注いだ。小仏は自分のグラスに半分を注ぎ分けした。

2

小仏は朝食の前に赤糸の湯の従業員寮を横目に入れて散歩した。ユリの部屋は二階の東から二番目だ。窓が少し開いている。きょうのユリは休みだ。部屋の空気を入れ換えているのだろう。

朝食を終えてからまた寮を見ながら散歩した。ユリの部屋の窓には布団が干してあった。

彼女の部屋の窓が見える位置に車をとめ、車窓から窓の変化を監視した。

午前十時少しすぎ、ユリは手で布団を叩いて取り込んだ。窓を閉めた。

「出掛けるだろうな」

小仏のその推測はあたって、ユリは午前十時半に寮を出てきた。黒いシャツにジーパン。カーディガンらしい物を腕に掛け、白っぽい布製のバッグを提げている。渡月《とげつ》橋《ばし》を渡って右折し、商店街をゆっくりと歩いた。小仏とイソは彼女と五十メートルほどの間隔をおいて尾行した。

ユリは三叉路の角の菓子店へ入った。五、六分で店を出てきた。バッグがふくらんでいるのでなにかを買ったようだ。

三叉路の左手の道を二百メートルほど歩いた。レンガ造りの建物があらわれたと思ったら、彼女はその建物へ吸い込まれた。そこはわりに新しいマンションである。彼女が入ったところを見届けただけで、その先は尾《つ》けられなかった。

十分ほど待ってからマンションのエントランスへ入った。郵便受けがあった。それを撮影するとすぐに建物を抜け出した。ポストは四十個。四十室あるということだ。

ユリは知り合いを訪ねたのだ。そこには左知子が住んでいるのではないか。彼女は岩田姓である。四十戸のポストには半分ほど名前が入っているが岩田という名札はなかった。

桜の木影で張り込んで一時間あまりしたところへ、ユリが中年女性と肩を並べてマンションを出てきた。

「似ている」

イソがつぶやいた。

二人は顔立ちが似ていた。身長はユリのほうが少し高い。中年女性のほうもジーパンだ。二人は顔を見合わせて話しながら歩いた。

そば屋へ入った。昼どきを少しずらしたのだろう。小仏たちは入るわけにはいかないので、そば屋の出入口が見える場所で張り込むことにした。そば屋へは客が入ったり出てきたりしている。はやっている店のようだ。

イソが、「腹がへった」を連発したところへユリと中年女性は、約四十分経って店を出てきた。食事をすませたら二人は別れるのではないかと想像していたが、話しながらゆっくり歩いてレンガ色のマンションへもどった。

二人はどんなことを語り合っているのか。母娘だろうと思われるが、二人がこの修善寺に住むことにしたのには深い理由があるにちがいない。

「中年女性のほうは左知子でしょうが、彼女は勤めていないのかな」

イソが腹をさすりながらいった。

「休みを合わせたのかも」

「そうか。そうすると左知子らしい女のほうも、ユリと同じで旅館に勤めているのかな」

「その可能性はある。ユリは赤糸の湯へ一泊してから、働かせてもらいたいと頼んだ。それは左知子の知恵だったかもしれない」

ユリはマンションにもどって約三時間後に出てきた。そして赤糸の湯の寮へ引き返した。きれい好きらしく窓を少し開けて部屋の空気を入れ換えた。


小仏は、手がすいていたら、と女将に電話した。

「いま、お風呂から上がったところなの。これからお化粧して、着物を着て、それから……」

一時間半後に応接室で会うことにした。

「おれは、腹がへって、死にそうだからなにか食いにいってくる」

イソは両手を腹にあてた。

「死んでくれれば、おれは助かるが」

「けっ」

イソは小仏をにらみ返してロビーを出ていった。

きょうの女将は、茶色の地に濃い茶色の太い縞の通った一見古風で地味な着物。薄茶の帯には白椿が描かれていた。小仏は、和装の褒めかたを知らないので、立ったまま目を細めた。女将には小仏の目の気持ちが分かったようで、片方の袖を広げて見せた。

小仏は、ユリが布団を干したあと寮を出て、二十分近く歩いてレンガ色のマンションを訪ねたことを報告した。一時間半ほどすると四十代後半に見える女性と一緒にマンションを出てきたといって、カメラのモニター画面を女将に向けた。

「あら、この人ですよ、この前、寮の前でユリと立ち話していたのは」

女将は食い入るように画面を見つめた。

「二人は、なんとなく似ています」

「そうね、似ていますね。親子かしら」

「ユリさんのお母さんは、左知子という名です。マンションのポストには名札が入っていないので名字は分かりませんが、岩田ユリさんのおばあさんは、左知子さんは修善寺にいるといっていましたので、その女性は左知子さんだと思います」

「二人は仲がよさそうね」

女将はカメラから目をはなした。

「ユリは、ここが気に入って働く気になったんじゃないのね。お母さんが修善寺にいたから……。お母さんはなにか目的があって、修善寺に住むことにした。物騒なことをするつもりなら、辞めさせなくては」

女将は顔を窓に向けて唇を尖らせた。

「小仏さん。ユリに面と向かって、なにを計画して修善寺にいるのかを、きいていただけないかしら」

「それをきくのは私でないほうが。私がきけば、職業も、ここにいる目的も分かってしまいます。知られてしまったら、あとの調査に支障が生じます。……ユリさんにきくなら女将さんが直接」

「そう。じゃ、もう少しようすを見ることにします」

ユリのことで気付いたことがあったら話してもらいたいと女将はいって、立ち上った。きょうもやらなくてはならないことが山ほどある、といっているようだった。


応接室を出たところへ、事務所のエミコから電話があった。

得意先のプラチナマンマから、新小岩《しんこいわ》駅の近くに空店舗があるので出店したい。前に入っていたテナントの業種と、なぜ撤退したのかなどを早急に知りたいという依頼があったので、現地へいって調べ、その結果を電話で報告した、といった。

「そうか。ご苦労だった。その店舗の前のテナントの業種はなんだった」

「学習塾でした。付近には学習塾がいくつもあるんです」

エミコと会話していて思ったが、彼女のように機転の利く女性をもう一人欲しかった。

小仏はロビーの売店寄りのソファからフロントを眺めた。カップルの宿泊客が三組、チェックインをしていた。一組は七十代と思われる夫婦だろうが二人とも髪が白い。一組は四十代で、話し合いながら男性がペンを持っていた。もう一組は年齢差がある。男性は六十歳見当だが、女性は三十歳ぐらいだ。女性はフロントをはなれてソファに深く腰掛けたが、こういう場所が珍しいのか、首をあちこちにまわしている。

小仏も空腹を覚えていた。ラーメンでもうどんでも早く食べたかった。ここから最も近い店はそば屋だ。

イソは、死にそうなほど腹がへったといっていたが、ビールの一本ぐらいは飲んだことだろう、と思ったところへ、イソが電話をよこした。

「所長。仕事はすみましたか」

「ああ」

「なんだか元気がないですね」

「用事は、なんだ」

「いま［あかまつ］にいますから……」

「あかまつって、なんのことだ」

「ゆうべ、飲んだり食ったりした店。肴が旨かったじゃない。この店の可愛い顔の女の子は、きりかっていうんだよ。どんな字を書くか、所長には分かんないでしょ」

「おまえ、もう酔ってるな」

「酔ってなんかいないよ。酒を飲んでるだけ。人が旨い肴で気持ちよく飲んでいるのに、酔ってるのかなんて、ぶっきら棒ないいかたしないでよ」

小仏は電話を切った。旨い物を欲しがるなという父の教えに背いているイソの首根っこをつかんで、外へ放り出してやりたくなった。

あかまつはすぐ近くだ。小仏は暖簾《のれん》をくぐってオレンジ色の灯が映っている障子を開けた。

「いらっしゃい」

複数の男の声がした。ねじり鉢巻きの主人にイソが声を重ねたのだった。「なにがいらっしゃいだ」といおうとしたら、小仏の背中をつつくように男が入ってきた。今度は主人と女の子が威勢のいい声を出した。振り向くと目が大きくて、下駄のように四角張った顔の男が、薄笑いを浮かべていた。伊豆新報の白井石松記者だった。

「尾けていたんだね」

小仏は白井の顔をにらんだ。白井は赤糸の湯を出てくる小仏を張り込んでいたのだろう。

小仏は何日間も赤糸の湯に滞在している。私立探偵なのに岩田徳造と森下佳則が遭遇した事件の真相を追いかけている。はたして滞在の目的はそれだけだろうかと疑問を持ったので、行動を尾けてみることにした、と白井はいった。

小仏は、イソの頭を小突いてから小上がりを借りることにした。

きりかという名の女の子に、イソは日本酒を何杯飲んだかと低声できいた。三杯目を注いだところだったという。

四杯飲むと危険だから注意してくれといってから、きりかとはいい名前だが、どういう字を書くのかときいた。

「桐霞《きりか》です。小学生のとき、霞《かすみ》の字を正確に書けなくて、嫌でした。お客さんは名前に興味をお持ちなんですか」

「ひびきのいい名前だと、どんな字なのかを知りたくなるんです」

「学校の先生ですか」

「そうじゃない」

小上がりは掘炬燵《ほりごたつ》になっていた。

小仏は日本酒にしたが、白井はビールを頼んだ。

「この店の料理は旨いですよ」

小仏がいうと、何度もきているのかと白井はきいた。

「ゆうべが初めてです」

「小仏さんたちは、高級旅館にお泊まりになっていらっしゃるので、夕食は旅館でと思っていましたが」

「仕事で外を出歩くので、夕食は外にしています」

小仏はメニューを見て鯛の粕漬け焼きにした。

「私は銀鱈の香味焼きにします」

白井はジョッキのビールを一気に三分の一ほど喉に流し込んだ。

イソは三杯目の酒のグラスに手を添えて、腹痛でもこらえるようにむっつりと黙っている。カウンターには皿が二枚あったから、料理はしっかり食べたのではないか。

白井にはいままでつかんだことを、ある程度話してもかまわないと思ったので、三十七年前の下田市の火災を話した。森下恵介が火事の際の怪我が原因で死亡した出来事だ。

「私はその火事を放火だとみています。自宅に火をつけたのは恵介の妻だった舞阪勝代という女でしょう。彼女は以前、下田の金目館に勤めていました。現在は行方知れずです」

「小仏さんは、その勝代という女の行方を追っているんですね」

そうだ、と小仏は強く顎《あご》を引いた。イソも首を動かした。まだ二杯や三杯はいけるぞといっているようだ。

3

三十七年前の森下家の火災から、五年前の岩田徳造が殺された事件、そしてつい最近の森下佳則が殺された事件は、一本の線でつながっていると小仏は考えている。三件の事件はなぜ関連があるのかを白井記者に話した。

三十七年前の夏の真夜中、自宅に火をつけたのは森下恵介の妻だった勝代だろう。当時、森下佳則は九歳だった。彼は無惨な焼跡を見た記憶をずっと抱きつづけていたにちがいない。

火災による怪我が原因で父は死んだ。放火であったなら父は殺害されたも同然だった。継母だった勝代は、父の葬儀を終えると黙っていなくなり、それきりもどってはこなかった。勝代は警察と消防の追及を怖れて逃げたことを、佳則は九歳のときから胸のなかへしまい込んでいた。いつかは勝代をさがしあてて、なぜ自宅を焼いたのか。なぜ父を叩き起こさなかったのかを追及したかった。わだかまっている事件を解決させたかった。

しかしどこから手を付けたものか思案に暮れていた。それを仕事の上で尊敬し、身近な存在になっている岩田徳造に打ち明けた。

佳則が長年持ちつづけていた疑惑をきいた徳造も、勝代を疑い、彼女をつかまえるといって、調査に乗り出した。彼の調査は勝代の身辺にまで迫った可能性がある。だれの差し金かは不明だが、彼女は徳造という男の手が間近なところまで伸びてきたのを知り、その手を切り落とすことを考え、逆に徳造の身辺と日常と素行をさぐった。

彼には保乃香という歳の差のある愛人がいることをつかんだ。彼はときどき保乃香の部屋へ泊まることも分かった。保乃香は修善寺温泉の湯花というスナックで働いている。湯花へ飲みにいった徳造は、保乃香から部屋の鍵を借りて先に帰って寝ていることがあった。

勝代はその情報を入手した。酒を飲んだ徳造が独りになるのは保乃香の部屋へ先に帰った夜だ。そこを襲えば容易《たやす》く息の根をとめることができる、と踏んで、計画どおりそれを実行した。

徳造が勝代の足跡を追っているのを知っていた佳則は、痛恨の思いに唇を嚙《か》んだ。毒婦のような勝代に、手の届く距離にまで近寄ったがために徳造は抹殺されたものと推測した。

佳則はまたも勝代を疑い、そして憎んだ。彼はひまをつくっては徳造がたどった経路を追った。その先に勝代がいるものと確信し、徳造の足跡を踏んで調査をすすめた。徳造が無念の死をとげて五年近く、佳則は勝代の背中を見たような気がする。

勝代は振り向いた。近づいてきたのは九歳のとき別れた佳則だと気付いたかどうかは分からない。が、とにかく危険な人間の足音をきいたにちがいない。

彼女は、降りかかる火の粉を払い落さねばならないので、河津七滝へ誘導した——。

これが小仏がこれまでに調べたうえでの推測で、まちがってはいないだろうと確信している。

だが、グラスに手を添えたまま小仏の話をきいていた白井記者は、

「疑問がひとつ」

といって、グラスから手をはなした。

小仏は、桐霞に注いでもらったばかりの日本酒をぐびっと飲《や》った。

「修善寺から下田へ帰る森下佳則さんの車に同乗した者がいるはずです。佳則さんはその人物と一緒に河津七滝を見にいったか、見る前に洞窟へ入ったんです。一緒にいった人物が勝代だとは思えません。一緒にいったのは一人だろうと思います。絹の湯での犯行後、その人物は佳則さんの車を運転して、逃走しました。そういうことをやれるのは、男でも女でも比較的若い者だと思います」

「同感です」

いままでむっつりと黙っていたイソが首を動かした。

「嘱託殺人……」

小仏がいった。

「その可能性があります」

白井はビールから日本酒に切り変えたが、顔色は少しも変わらなかった。

小仏は徳造の殺されかたをあらためて考えた。彼を殺したのも若い人間ではないかという想像が湧いたからである。

この事件にはアパートの部屋の鍵が問題になっている。

保乃香の部屋に泊まる徳造は、湯花で飲んでいるあいだに保乃香から鍵を渡された。それはスペアキーで、いつの間にか徳造の専用になっていた。

徳造はその鍵で保乃香の部屋に入り、内側からドアを施錠して、鍵をポケットに入れて、彼女の布団に寝ていた。午前零時すぎに保乃香は帰り、いつも使っている自分専用の鍵でドアを開けた。彼女は徳造の名を呼んだかもしれない。彼は眠り込んでいるのか返事がなかったので、寝室のふすまを開けた。眠り込んでいるにしてはようすがへんだと気付いて、そっと布団をめくった。その拍子に彼女は腰を抜かした。彼の胸のあたりは見たこともない色をしていた。瞬間的に名を呼び悲鳴を上げた。彼女の悲鳴にも彼はなんの反応も示さなかった。

彼女は外へ飛び出して、一一〇番へ掛けた。そのあとは部屋にもどれず、店のママに電話したあと、シャッターを下ろした商店の軒下にうずくまっていた。

連れていかれた警察でもドアの鍵のことを繰り返しきかれた。保乃香が帰宅するとドアは施錠されていた。ということは徳造を刺し殺した犯人は、保乃香の部屋の合鍵を使って侵入し、凶行のあと施錠して逃げたことになる。犯人は前々から保乃香の部屋の合鍵を所持していて、チャンスを狙っていたということなのか。そうだとしたら、犯人は合鍵をどうやって手に入れたのか。

スナックの湯花へいこうと小仏が白井にいった。

「それがいい。いきましょう」

そういったのはイソである。今夜のイソは日本酒をグラスで三杯飲んだ。湯花へいくときいたイソは、小さい目を丸くし、いきいきとした表情になった。酒には弱いくせに酒場が好きなのだ。若い女の子と顔を合わせると人がちがったようになる。

小仏は白井に、湯花とは岩田徳造の愛人だった入沢保乃香がいた店だとだけいって、徳造が殺された事件の話を蒸し返すことにしようと打ち合わせた。

湯花のドアの窓ではピンクの灯《あか》りが客を誘っていた。ドアを開けると「いらっしゃいませ」と複数の女性の声がしたが、悲鳴にきこえなくもなかった。

客は二人連れがカウンターにいるだけで、なんだか寒い風が吹きぬけているようだ。

小仏とイソと白井はカウンターに並んだ。ママとしのぶが三人の前に立って、水割りをつくった。しのぶのほかにホステスが二人いる。彼女らは二人連れの客の前で笑い話をしている。

「岩田徳造さんが、たびたび飲みにきていたのが、ここですか」

打ち合わせどおり白井が切り出した。

なにかを話し掛けようとしたらしいママが口を閉じ、眉間に皺を寄せた。三つのグラスに酒を注いでいたしのぶの手が一瞬とまったのを、小仏は見逃さなかった。

「岩田さんが災難に遭ってから、何年になりますか」

白井はだれにともなくきいた。

「そろそろ五年になります。そうですね、ママ」

小仏がいうとママは眉間に皺を彫ったまま、

「そのくらい」

小さな声でつぶやくようにいって、三人の顔を見比べるような表情をした。

しのぶは、三人の前へ水割りのグラスをそっと置いた。

小仏はママに白井を新聞記者だと紹介した。これも打ち合わせていたことである。

ママは初めての客には名刺を渡すのに、白井にはそれをしなかった。

「事件の夜、岩田さんは、ここで飲んで、この近くのアパートへ帰って寝ていた」

白井は水割りを一口飲むと、グラスを振って氷の音をさせた。

「五年も経つというのに、事件が解決しないのは、なにかが障壁になっている。それは、人が寝ているアパートの部屋へ、だれが、どうやって入ったのかが分かっていないからのようです」

小仏は、ママの顔を見ていってから、ビールを飲むようにとすすめた。

しのぶがビールの小さなびんの栓を抜いた。

「おれはね、岩田さんは寝込んでいなかったと思う」

イソが、白井に話し掛けるようにいった。

「ほう」

白井はまたグラスを振り氷を鳴らした。

「ドアがノックされたので、開けたんです。ノックをした野郎は、ナイフを見せて岩田さんを部屋の奥へ追いつめた。部屋には布団が敷いてあったので、それにつまずいて転んだ。そこをナイフで一突きされた」

イソは手にしたグラスに向かって話した。

「それなら、ドアは施錠されていなかったはずだぞ」

小仏だ。

「そう。施錠されていなかったんだ」

「部屋の借り主の保乃香さんは、ドアは施錠されていたと警察に話しているらしいし、おれにも鍵が掛かっていたといった」

「勘ちがいと思う。きっとそうだ」

イソは水割りを飲み干すと、音をさせてグラスを置いた。

しのぶはイソの顔を見てから、二杯目をつくった。

「岩田さんは、なぜ殺されたのか、分かっているんですか」

白井も二杯目を頼んだ。

しのぶは無言である。

「従業員とのあいだの揉めごとがあったっていう話を、事件の後できいたことがあります」

ママは相変わらず険しい顔をしていった。

「殺された原因もよく分かっていない。だから事件は解決しない。……一説には、岩田さんは重大な秘密をにぎっていた。いや、ある人の重大な秘密に近づこうとした。それを勘付かれて消された」

小仏はいって、ママとしのぶの表情を観察した。ママは頰に指をあてた。しのぶは口もとを固く閉じてグラスのなかをゆっくり搔きまわした。額と頰が異様に白くなったように見えた。

4

「ゆうべのしのぶの顔を憶えていますか」

翌朝、食事の席で向かい合うとイソがいった。イソは小仏より一足先にレストランへ入っていた。小仏の朝食はパンのことが多いが、イソは主に和食だ。ご飯と味噌汁に梅干しと納豆。沢庵を忘れない。ご飯を一杯食べたあと立ち上って、今度はご飯を茶碗に軽く盛ってくる。しょうゆで溶いた生タマゴを掛け、音をさせて流し込んで、お茶を飲む。古風な朝食だ。実家にいるときは三百六十五日、タマゴ掛けご飯だったという。

小仏もたまに生タマゴを掛けた熱いご飯を食べるが、主食にはパンのほうが多い。ホテルの朝食で好きなのは、湯気の立っているオムレツだ。きょうは焼きたてのオムレツにポン酢を掛けた。

「おれたちが、岩田徳造の事件を話したら、しのぶは一言も喋らず、血の気の引いたような顔をしていた。彼女は、おれたちが芝居をうちにきたことを気付いたんだと思う」

小仏は、ゆうべのしのぶの白い顔を思い出した。

「というと、しのぶはどこかで徳造事件にからんでいる……」

イソはけさも、いちごに爪楊枝を刺した。

「徳造事件の犯人を知ってるんじゃないかと思う」

「犯人の動機も知ってるでしょうか」

「それはどうかな」

「警察は当然、彼女からも事情を聴いているでしょ。彼女が犯人を知ってることを、見抜けなかったのかな」

「なにを聴いても、知らない、分からないっていいつづけていたんじゃないか。証拠をつかんでいないと、追及のしようがないんだ」

イソはいちごを食べ終えるとコーヒーを持ちにいった。

きょうの小仏とイソは、岩田左知子の行動を調べることにしている。彼女の行動をつかむことができれば、なぜ修善寺に住んでいるかが分かるだろう。

左知子の住所のマンションを張り込むのだが、長時間立っていると怪しむ人がいるので、車のなかからレンガ色のマンションの入口に四つの目を集中させた。

午前十一時十分、イソがあくびをしたところへ左知子が出てきた。彼女はブルーのジャケットにベージュのパンツだ。白っぽい布製のトートバッグを持っている。マンションの玄関を出たところで空を仰ぐとなにかに気付いたらしく、バッグのなかをのぞいた。「異状なし」というふうにバッグをひとつ叩くようなしぐさをして歩きはじめた。長距離を歩くつもりなのか、きょうは白いスニーカーを履いている。

小仏とイソは、車を道の端に残して彼女の背中を追った。彼女はどこかに勤めているのだろうか。勤めているにしては半端な時間だが、二部制の職場なのか。

修善寺温泉地域に達すると左右をきょろきょろ見るような素振りをしてから、「米《よね》倉《くら》」という和菓子屋へ入った。買い物をしたのかどうかは不明だが十五、六分経って店を出てきた。五十メートルほど歩くとバッグからなにかを取り出して見てから、また歩きはじめ、今度は「菊仙《きくせん》」というホテルの玄関へ入った。

三十分経ったが彼女は出てこない。

「菊仙に勤めているんでしょうか」

イソはしびれを切らしたようだ。

「勤めている者は玄関からは入らない」

彼女が菊仙の玄関から出てきたのは一時間あまり経ってからだった。

「そうだよね」

彼女は桂川へ向かって歩き、コンビニでなにかを買った。川沿いでベンチを見付けてすわり、白い袋からにぎり飯を出した。小さなボトルのお茶を飲んだ。にぎり飯を一口食べては、なにかを考えるように空を仰いだ。

「彼女は働いてはいない。聞き込みに歩いているんじゃないでしょうか」

イソは空腹を覚えたのかポケットからガムを取り出した。

「おれもそう思った。和菓子屋とホテルでなにを聞いたかだな」

小仏は、左知子が歩いてきた道を振り返った。

小仏はさっき、左知子が立ち寄った米倉という和菓子屋を訪ねた。だれもいない店へ声を掛けると、奥からやや肉づきのいい女性が出てきた。主人の妻のようだ。小仏は名刺を渡した。二時間ほど前になにかを尋ねにきた女性がいるはずだが、なにをききにきたのかを知りたいといった。彼女は警戒するような目をして、女性がきたのを見ていたのかといった。

「見ていました。なにをしている人なのかを知りたかったので、住所を出てから後を尾けていたんです」

「なぜ、人の後を尾けるんですか」

「ある事件に関係している人を、さがしているらしい人だからです」

彼女はなんのことかよく分からないという顔をすると、後ろを向いて主人を呼んだ。

主人は白い前掛けをしていた。

「さっききた女の人のことを知りたいんですって」

妻は主人に、小仏の名刺を渡した。

「私立探偵ですか。事件に関係があるといわれましたが、そういうことは警察が調べるのでは……」

主人は、名刺を見ながらいった。

「事件は五年前に起きましたが、犯人は挙がっていません。ところがある人の話から、ある女性が関係していることが分かりました。ある女性はこの修善寺に住んでいそうです。きょうこちらを訪ねた人は、そのある女性をさがしているのだと思います。私も、ある女性をさがしているんです」

「ある女性とは、なんという名ですか」

主人は目を光らせた。

「本名は舞阪勝代です。変名を使っている可能性が考えられますが」

夫婦は顔を見合わせた。二人は二、三分黙っていたが、主人が、

「舞阪勝代はずっと前に、うちで働いていました」

といった。妻が小さくうなずいた。

「ずっと前というと、何年ぐらい前ですか」

小仏は、一歩前へ出るようにしてきいた。

「三年ぐらいかな」

主人は妻にきいた。

「そのぐらいです」

　勝代は約半年勤めたという。

「店の前へ店員募集の貼り紙をしておいたら、使ってもらえないかといってきたんです。年配者ですが若く見えるし、健康そうだったので、店番をしてもらうことにしました」

「住所はどこでしたか」

「修禅寺の近くのアパートだといっていました」

　主人がいうと、妻は、住所だけは控えてあるのでといって作業場のほうへ入っていった。作業場からはコトコトと小さな音がしている。

　小仏は、勝代が半年ほどで辞めた理由をきいた。

「二日間、無断で休んだんです。三日目に出てきて、『すみませんでした』といいましたが、無断で休んだ理由はいいませんでした。いいにくい理由があったにちがいないでしょうが、なぜ理由をいわないのかと、私がいいましたら、横を向いて、タバコに火を点《つ》けたんです。うちは禁煙だし、彼女がタバコを吸っていたのを知りませんでした。タバコを吸うなといったところ、タバコを床に捨てて、踏み潰しました。その態度に私は腹をたてて、辞めてもらうことにしたんです。日給の計算をして給料を渡すと、ちょこんと頭を下げただけで出ていきました。そのときのふてくされているような顔をいまでも憶えています。あれがあの女の素顔だったんです」

妻は包み紙を小さく裂いた裏に、勝代の住所を書いてきた。

「きょうの午前中に訪ねてきた女性は、岩田左知子さんで、勝代さんのことをききにきたのでしょうが、なにを知りたかったのでしょうか」

小仏が夫婦にきいた。

「岩田さんは二か月ほど前に、舞阪勝代が勤めていたかとききにきました。岩田さんは食堂、商店、旅館などを片っ端からきいてまわっているんです。勝代が現在勤めているところを突きとめたいのだと思います。……きょうは勝代についてなにか思い出したことはないかときかれました」

主人が答えた。思い出したことはなかったという。

岩田左知子には、勝代の住所を教えたかを夫婦にきくと、教えていないといった。

左知子はホテルの菊仙に入った。そこでも勝代が勤めていないかをきくためだったにちがいない。

菊仙のフロントで訪ねた理由を告げると、支配人が出てきた。半白の頭をきれいに撫でつけて黒いスーツを着ていた。

「舞阪勝代は、三年前の夏から秋にかけての約三か月勤めていました」

支配人は柔和な顔をして答えた。

「こちらではどういう仕事をしていましたか」

「調理場の下働きです。年配ですが、若く見えるし、器量よしでしたので、いずれは客室係にと思っていました。ある日、あることをきいたら、次の日から出勤しなくなったんです」

「なにをおききになったんですか」

「舞阪勝代という人が勤めているか、といって訪ねてきた人がいるが、心あたりはあるかときいたんです」

「訪ねてきたのは……」

「名前をききましたが、忘れました。四十代半ばぐらいのきちんとした服装の女性でした。私は、勤めていないといってから、なぜ舞阪という人をさがしているのかとききましたが、それには答えずに帰りました。深刻な事情がありそうなので、舞阪にききましたが、彼女もなにも答えず、次の日からこなくなったんです」

きょう、ここを訪ねたのは岩田左知子という女性だと小仏は話した。

「見憶えがありましたし、あらためて名前をききました。そして、前回は嘘をいったのだと謝りました。前回嘘をついたのは、舞阪が従業員だったからでした。……きょうも岩田さんは、舞阪勝代は勤めていたかとききましたので、はっきりと勤めていたことを話しました。なぜ舞阪をさがしているのかとあらためてきいたところ、身内が被害にあった事件に関して、本人からどうしてもききたいことがあるのでといいました。どんな事件かは話してくれませんでした。……小仏さんには、岩田さんがなぜ舞阪を追いかけているのかが分かっているんですね」

支配人は、小仏の顔を突き刺すような目をした。

「岩田左知子さんのいう事件というのは、お父さんが被害に遭った事件だと思います」

小仏は、左知子の父の岩田徳造が遭った事件を話した。

「真夜中に、女性の部屋で……」

支配人はその事件を思い出し、犯人は捕まっていないのかとつぶやいた。

5

和菓子屋の米倉できいた舞阪勝代の住所を見にいった。そこはたしかに修禅寺の近くで、二階建てのアパートが鉤《かぎ》の手に建っていた。両方のアパートの一階の集合ポストを見たが「舞阪」という表札はなかった。

アパートの家主の家は割り竹の垣根で囲まれていた。インターホンのボタンを押すと犬の吠え声がした。犬は屋内にいるようだ。

インターホンには嗄れた男の声が応じた。小仏が用件をいうと、

「門の横のくぐり戸をお入りください」

といわれた。

庭は手入れがゆき届いていたし、玄関ドアの左右には赤や黄色の花の鉢がいくつも置かれていた。

玄関の木製のドアから出てきたのは小太りの頭にほとんど毛のない老人だった。七十代後半か八十歳ぐらいではないかと思われた。

アパートに舞阪勝代という人が住んでいるかをきくと、

「以前に住んでいましたよ」

と、老人は小さい声で答えた。

小仏は、舞阪勝代にどうしても会いたいのだが、どこへ転居したのかをきいた。

「どこへ引っ越したか知りません。三年ぐらい前だったと思いますが、急に引っ越したんです。なにかあったんじゃないかって、家内と話したのを憶えています」

老爺は首を振りながら答えた。

「こちらに住んでいたときは、独り暮らしでしたか」

「外国人と一緒でした」

「外国人……。どこの国の人でしたか」

「知りません。顔立ちはヨーロッパの人のようでした。日本語が上手なんで、外で会うとにこにこして挨拶しましたよ。日本に長くいる人だったんじゃないでしょうか」

勝代が転居したのは、菊仙に勤めていたときではないか。支配人から、『あんたのことをききにきた人がいる』といわれたので転居を思い立ったような気がする。


次の日、小仏とイソは浜松市へいった。西区入野町《いりのちょう》の舞阪家を見にいった。そこは佐鳴《さなる》湖の西側の住宅地で、舞阪真一《しんいち》と家族が住んでいた。真一は勝代の弟だ。二人の両親はとうに亡くなっている。

真一は自宅の近くで小規模なマイサカ運輸という会社を経営していた。一部は自動車部品メーカからの資材輸送、一部は宅配業の下請。社長の真一もトラックに乗ることがあるということが付近の聞き込みで分かった。

事務所には中年の女性が一人いた。社長に会いたいと小仏がいうと、「もうじきもどってきます」といわれた。

「所長は、真一から勝代の住所をきき出すつもりなんでしょ」

マイサカ運輸のガレージが見えるところで車をとめて待つと、イソがいった。

「そうだ」

「教えないと思う。だって勝代は住民登録をしていないし、住所を転々と変えているようだから」

「そうだな。だが弟にはあたってみる。なんていうかが見ものだ」

白っぽいワゴン車がやってきてガレージに入った。陽焼けしているのか黒い顔をした太った男が車を降りると事務所へ入った。

その男を追うように小仏は事務所を訪ね、

「舞阪さんですか」

ときいた。

男は振り向くと、そうだといった。勝代とは十歳ちがいの五十五歳ということが分かっている。

小仏は名刺を渡して、

「お姉さんにお会いしたいのですが、どちらにいらっしゃるのでしょうか」

と、姿勢を低くしてきいた。

「どういう用件で姉に会いたいんですか」

真一は名刺を出さなかった。

「うかがいたいことが、いろいろあるんです」

「あなたは、だれかから姉の住所をさがすようにと、頼まれたんですね」

「人に頼まれたのではありません。私が知りたいのです。お会いしてききたいことがあるものですから」

　真一は、小仏の名刺を持ったまま、顔をにらんだ。その目には敵意がこもっていた。

「姉の住所は知りません。四、五年会っていないんです」

　真一は視線を動かした。

「三年前の秋まで、修禅寺の近くに外国人と一緒に住んでいらっしゃったことが分かっています。修善寺温泉の菊仙というホテルにお勤めでしたが、そこをお辞めになると、転居されました。現住所をご存じでなくても、電話番号はお分かりでしょうね」

　真一は首を横に振った。電話番号を知らないのではなく、教えられないということだろうか。

「お二人きりの姉弟《きょうだい》なのに、音信不通ということですか」

「そうだ」

　真一は居丈高《いたけだか》になった。

「勝代さんは、若いころは下田にいらっしゃいましたね。正式な夫婦ではないが、一人息子を抱えていた森下さんという方と一緒に住んでいた時期がありましたが、森下さんは、自宅が火事になったさいの怪我で、亡くなりました。それはご存じでしょうね」

「知らない。あんたは姉の経歴を調べていたんだね」

「調べなくても、知っている人が何人もいるんです。勝代さんのことを知っている人が話してくれたんです」

「知ってる人がいるんなら、その人からきけばいいじゃないか」

「森下さんが、自宅の火事が原因で亡くなった。その後のことが分かっていません。勝代さんは修善寺に住んでいらっしゃるらしいのですが……」

小仏はそういって真一の横顔に注目した。真一は勝代の近況をほんとうに知らないのか、小首をかしげて黙っていた。

勝代と真一は、何年も前から消息を伝え合っていないのではないか。真一は姉が過ごしてきた歳月を、逆に小仏にききたいのではないかと思った。だがなにをきいても真一は知らない、分からないといい、取りつく島もなかった。

小仏は、悄気《しょげ》返った顔をして車にもどった。

「やっぱり収穫がなかったんでしょ」

イソはハンドルをにぎり直した。

「おまえのいったとおり、なにも答えてもらえなかった」

「どこに住んでるか分からないなんて、身内の恥。いきなりやってきた者に喋るわけないじゃないですか」

「知っているが喋らないいんじゃない。弟は姉の近況をほんとうに知らないんだ。……勝代は、三十七年前から両親とも弟とも連絡を取り合っていないいんじゃないかと思う」

「三十七年前というと、下田の森下恵介の家が燃えた日で、森下佳則は九歳だった」

イソは前を向いてつぶやくと車を出した。

急に黒い雲が奔《はし》りはじめたかと思ったら、大粒な雨がフロントを叩いた。にわか雨は静岡県の西部地域だけを濡らしただけなのか、静岡市あたりの道路は乾いていた。

和菓子屋の米倉の前を通ると、主人の妻と白衣を着た女性とで客を送り出していた。客は得意先なのだろうか、二人は女性客の背中に何度も頭を下げていた。

小仏はイソに車をとめさせた。車を降りて米倉の妻に挨拶した。

「あら、探偵さん、こんにちは」

彼女はそういってから胸でなにかを拝むように手を合わせた。

「さっき、岩田さんが見えたんです」

左知子のことだ。

「岩田さんは、なにかを思いついたんでしょうか」

「勝代さんが勤めているところが分かったそうです」

「えっ。現在の勤務先ですか」

「そのようです。勝代さんは休んでいたそうですけど、勤めていることは確かめられたといいました」

勝代の勤務先は修善寺温泉のシンボル的存在である「とっこの湯」の近くの料理屋だといったという。

「なんという料理屋でしょうか」

小仏がいうと、それはきかなかったという。米倉にとっては無関係のことだったからだろうが、小仏たちにとっては手に汗をにぎる情報だ。

とっこの湯のいわれはこうだ――桂川で病父のからだを洗う少年に心打たれた弘法大師が、独鈷《とっこ》(密教で用いる仏具の一つ)で川の岩を打ち、霊湯を湧き出させ、温泉療法を伝授したと伝えられ、伊豆最古の温泉といわれている。


地域が限定されれば、勝代の勤務先をさがしあてることは容易である。情報にまちがいがなければ左知子の執念が実を結んだことになる。

料理屋はそう何軒もあるわけではないのですぐにさがしあてられる、とイソはいったが、小仏は、あした左知子の後を尾けることにした。

第七章　化粧した鬼

1

次の日の午前九時半。岩田左知子はレンガ色のマンションを出てきた。エントランスを出たところで彼女は陽差しを避けるように手をかざした。西のほうへ白い雲がゆっくり動いている。好天である。彼女は薄いブルーのシャツに黒いパンツ姿だ。きょうも布製の白いトートバッグを持っている。桂川に沿って歩き、虎渓橋を渡り、とっこの湯を左に見て、源林園《げんりんえん》という料理屋の前で足をとめた。

源林園は昼食の営業をするらしいが、まだ眠りから醒めていないように静まり返っている。

左知子は源林園へ入ろうとしてか入口の引き戸に手を掛けた。が、施錠されているらしく開かなかった。彼女は二、三分のあいだ立っていたが、気付いたことでもあってか、カフェとスナックの看板が出ている路地を入ろうとした。

そこを小仏が呼びとめた。左知子は驚いてかバッグを胸に押しあてた。

小仏は後を尾《つ》けてきたことを白状した。なぜ尾けてきたかを搔い摘まんで話した。

「あなた一人が乗り込んで、舞阪勝代に会うのは危険です。彼女はすでにあなたがきて、この店に勤めていることを確かめたのを、知ったでしょう。彼女はきょう、あなたがくるのを予期していると思います」

小仏は、源林園の左隣のカフェへ左知子を誘った。勝代に会うのだとしたら、午後にしたほうがいい、いまは昼食営業の準備に追われているはずだと説得した。

カフェに入ってからも左知子は、小仏の正体をうかがうような目つきをしていた。自宅からここまで尾けてきたことに対する警戒を解いていないようだった。それと落ち着きがなく、窓の外に目を配っていた。

源林園に出勤した勝代は、従業員から、「あんたを訪ねてきた女の人がいた。その人はあんたの勤め先をさがしていたらしい」とでもいわれているかもしれない。それをきいた勝代は、自分をさがしているのはだれだろうと想像をめぐらしたことだし、ここにいるのは危険だとして、店を逃げ出すことが考えられ、それで左知子は落着くことができないのだろう。

「もしも勝代が逃げ出したら、その後を神磯という者が尾行しますので、心配しないでください」

小仏は胸を張って悠然といって、彼女を落ち着かせた。それでも左知子は何度も窓に顔を振り向けた。

小仏は、左知子をここまで尾けてきた経緯を話すことにしたが、赤糸の湯の女将からの依頼によって修善寺に滞在していることは伏せた。

小仏が強い関心を抱いたのは、五年前の岩田徳造が殺された事件だったと切り出した。女性の住所で殺されるという風変わりな事件だが、未解決。なぜ犯人を挙げられないのかを調べていたら、三十七年前に重大事件が起きていたのを知った。それは、下田に住む森下恵介という真面目な職工が、自宅の火事のさいに負った怪我《けが》が原因で死亡した事件。その火事には放火の疑いが持たれていた。その被疑者は舞阪勝代。彼女は森下と婚姻はしてなかったが、彼の妻として暮らしていた。森下は、親から受け継いだ遺産をふくむ多額の現金を自宅の金庫に押し込んでいた。勝代はその現金を奪うために放火したのではないかと疑われている。そのとき森下には九歳の男の子佳則がいた。勝代はその子を残して家を出ていき、行方をくらました。警察は彼女の犯行を疑って行方を追ったが、居所をつかむことはできなかった。

森下佳則は長じてからあるとき、尊敬していた岩田徳造に、九歳のときの悔しさを打ち明けた。佳則の話に徳造は胸を打たれ、勝代の行方を独自の方法で追ったにちがいない。

何年間を要したのかは不明だが、徳造は勝代の消息をつかんだような気がする。勝代は迫ってくる徳造の足音をきいたのだろう。そこで徳造を抹殺する計画を立て、彼の日常から素行にいたるまでを調べたにちがいない。

徳造のほうは、まさか勝代が生命を狙って、迫ってくるなどとは考えなかったのではないか。それで敵に対してスキを与えてしまった。歳の差のある愛人の部屋で、眠っているところを刺し殺される結果になった。

この事件の真相を見抜いた人間がいた。森下佳則だ。徳造は佳則の九歳の悔恨をきいて舞阪勝代の行方を追いかけていた。そして彼女に接近した。それゆえに徳造は生命を奪われたものと見抜いて、今度は佳則が勝代を追いつめようとした。

勝代は新たな追手の足音をきき、その足音を断ち切る計画を立てた。

勝代は身代わりを使ったにちがいない。佳則が車で下田の自宅へ帰る途中、寄り道をさせることにした。河津七滝の展望台へいく途中に絹の湯という洞窟温泉がある。そこへ誘い込んで刺し殺せと、指示したのだろうと思われる——

左知子は黙って小仏の話をきいていたが、納得したようにうなずいた。だが、勝代には会いたい、会わなくてはならないといい、まなじりを決して拳《こぶし》をにぎった。

「岩田徳造は、わたしの父です。父は恥ずかしいところで事件に遭いました。事件さえ起きなければ恥ずかしい日常が世間に知られることはなかったでしょう。事件を知ったとき、犯人はほどなく捕まると思いました。警察の方も犯人は父の身近な人間だろうから、間もなく検挙されるといっていました」

徳造が殺されて三年あまり経ったある日、左知子は見知らぬ人から手紙を受け取った。その人は森下佳則で、かつて徳造の部下だったとしてあったし、徳造の事件に関して考えていることがあると書いてあった。手紙には電話番号が書いてあったので彼女は連絡した。

森下は会って話したいことがあるといったので、彼女は娘のユリの都合をきいて彼に連絡した。彼は東京へやってきた。ユリをまじえて森下の話をじっくりきいた。

そのとき森下は、舞阪勝代について語った。彼が九歳のとき、家を焼かれたこと、父恵介が自宅の金庫に多額の現金を収めていたが、それが失くなっていたことなどを詳しく話した。

森下は、上司の徳造に九歳の悔恨を打ち明けていた。勝代についての恨みである。すると徳造は、勝代という女の足取りを追ってみる。捕まえることができたら、首っ玉を押さえて、家に火をつけたか、金庫の金を持ち逃げしたかを白状させてやると息巻いた。

勝代が、下田市内かその付近にいないことだけは分かったねと徳造は佳則に語っていたが、どこで暮らしているのかをつかむことはできずにいた。徳造は知人を通じて情報を集めているようだったが、勝代は名古屋にいるらしいという報《し》らせをつかんだので、その詳細を知ろうとしていた。

徳造が殺されたのはその矢先だった。人から人へと噂《うわさ》を追って、勝代に一歩近づいたところだった。彼女に一歩近づいたと徳造は佳則に語っていた。佳則はそのことも手紙に書いて左知子に送っていた。左知子とユリはその手紙を読んで、勝代が警察から事情を聴かれることになるのはそう先のことではなさそうだと期待した。勝代が捕まったら顔を見にいくと左知子とユリは話し合っていた。

しかし徳造が殺された事件は解決しなかった。六十代の男が若い女性の部屋で殺されていたという事件は、週刊誌の格好のネタで、事件現場になったアパートの写真まで掲載されていた。

左知子は母の安江に、『事件についてききにくる人がいると思うが、なにも分からないといい通すように』と釘を刺した。

佳則は左知子に、『自分が徳造さんに、子どものころの辛かった話を打ち明けたばかりに、災難に遭ったような気がする』と悔やんでいた。

警察は、徳造が飲食店へしばしばいっていたことから、痴情のもつれの線が濃厚とみて捜査していたようだが、犯人にはたどり着けずにいた。森下佳則が三十年以上前の下田での出来事を警察に話していたようだが、あまりに古いことなので取り上げなかったのかもしれない。

　去年の夏、左知子は佳則からまた手紙を受け取った。それには、『下田にいたころ幾度となく見掛けていた勝代さんによく似た人を、修善寺温泉と修禅寺の近くで見掛けた』と教えてくれた人がいました。修善寺の旅館や料理屋のようなところを、片っ端からあたれば、あるいは勝代の所在をつかむことができるかもしれない、とそれには書いてあった。

　左知子はユリと話し合い、修善寺で聞き込みすることを決めて、まず左知子が東京から転居した。

　修善寺に住まいを決めた左知子は、毎日、従業員を使っていそうなところへ立ち寄って、舞阪勝代はいないかを尋ねて歩いた。

　小仏が左知子をカフェへ誘って一時間あまり話し合っていたところへ、イソから電話が入った。

「たったいま、勝代と思われる年配の女性が、源林園の裏口を出ました。その女を尾行中」

　小仏は左知子を残して立ち上がった。彼女の電話番号をきくと店を飛び出した。イソから電話があって、桂川の滝下橋《たきしたばし》を渡ったところだという。

「橋を渡って、直線道路の坂を登っていますが、あ、左折した。左側が公園。あ、右に折れた」

イソからの電話が切れた。五、六分後にイソと合流した。イソは花がとうに散った桜の木の下に立って、アパートを見上げていた。女性はアパートに入ったが、どの部屋なのか分からないといった。イソは尾行しながら女性を撮っていた。女性はわりに上背がある。舞阪勝代なら六十五歳だが、背筋はぴんと伸び、歩きかたは早いという。

源林園を出て早足で十二、三分。

「アパートに入った女は勝代だと思う。源林園へ出勤したら、従業員から、『あんたが勤めているのを確かめにきた人がいた』とでもいわれたんだろう。それで危険を察知して店を飛び出してきたんだ。彼女はきょうじゅうに引っ越しするかも」

アパートは変わった造りで建物の中央に階段のある二階建てだ。新しくはないがそう古くもない。屋根瓦が青くてモダンである。十二室ありそうだ。

小仏はそっと裏側へまわった。梅の木の畑だった。入居者の全員が勤め人なのか、どの窓も固く閉まっているように見えた。二階の右から二番目の部屋の濃い緑色のカーテンが揺れた。人がいるにちがいなかった。その部屋を訪ねようかと思ったが、もう少しようすをみることにした。

窓の緑色のカーテンがまた揺れた。端を摘まんだようだ。カーテンに隙間をつくって、そこから外をのぞいているようだ。小仏は梅の木に手を掛けて動かないことにした。

カーテンがまた揺れ、隙間がなくなった。緑色のカーテンの部屋にいる人は外のようすを警戒しているようだ。何事もないことが分かったのでカーテンを閉めたようだ。

勝代と思われる女性がアパートへ入ってから三十分が経過した。

2

舞阪勝代と思われる女性がアパートへ入って一時間が経った。その間アパートを出入りする人はいなかった。イソは、緑色のカーテンの部屋には確実に人がいるのだろうから、訪ねてみるべきだといった。

「そうするか」

小仏が顎を引いたとき、アパートの階段の下に人があらわれた。女性だった。茶色の髪が肩に広がっている。サングラスを掛けている。唇は赤い。黒いシャツの上にグレーの花模様のジャケットを着て、パンツは黒。靴も黒だ。濃紺か黒のバッグを肩に掛けている。

その女性は左右を警戒するように首をまわしてから歩きはじめた。歩きかたから、さっき源林園を出てこのアパートへ入った女性と同一人物だと知ったが、服装や髪型はまったく別人のようである。

「変装したんだ」

イソがささやくようにいった。

小仏とイソは、茶色の髪を肩に広げている女性を尾行した。二百メートルほど歩き、公園の脇にさしかかったところで、女性はくるりと後ろを向いた。小仏とイソの足は瞬間的にとまった。女性は二人をにらんでいた。隠れるわけにはいかないので小仏は女性に向かって歩いた。イソは後ろをついてくる。

女性は道路の端に立って動かなかった。濃い色のサングラスのなかから、近寄ってくる小仏たちをにらんでいるらしい。

小仏は女性と向かい合った。

「舞阪勝代さんですね」

小仏は、ふと警視庁の刑事だったころを思い出した。追いつめた被疑者の前へ立ちふさがって、氏名をきいた。一言も応えない者もいたし、血の気を失って身震いした者もいた。

目の前の女性はまばたきもせず、逆に小仏の素性を推し測るような顔をした。

「舞阪勝代さんですね。服装を替えて、どこへいくつもりですか」

「あなたは……」

女性のほうがきいた。女性にしては太くて低い声だ。

小仏は名乗った。舞阪勝代の住所や勤務先を何日も前からさがしていたのだといった。

「なぜ……」

短い言葉だったがその声は鋭かった。

「三十七年前、下田市で、自宅に火をつけて、夫を殺した人だからだ」

女性の目が光ったようだったが、逃げ場をさがすように首が左右に動いた。

「あなたに会いたがっている人がいるので、そこへいって、ゆっくり話しましょう」

「わたしは忙しいんだ。ゆっくり話なんかしていられない」

女性は小仏に見つめられ、視線を逸らした。

「どこかへ逃げる準備で忙しいのだろうが、もう逃げる必要はない」

「どういう意味……」

彼女は小仏の目のなかをさぐるような表情をした。その目には暗い光りが宿っているにちがいなかった。

「あんたが舞阪勝代さんだからだ」

なぜか彼女は、歩いてきた道を振り返るような目つきをした。アパートの部屋を気にしたのだろうか。

「さあ」

イソが、歩くようにと彼女を促した。

「どこへ……」

彼女は怯えるようないいかたをした。

「源林園の隣のカフェだ。そこには、あんたに会いたい人がさっきから待っている」

「だれ……」

「岩田左知子さんといって、修善寺温泉のアパートで殺された岩田徳造さんの娘さんだ」

小仏がいった。

「わたしには関係のない人」

「そうかな」

小仏は彼女を歩かせた。カフェにいる左知子に電話した。彼女は、間もなくユリが到着するはずだといった。

左知子は店の奥の壁ぎわの席へ移っていた。彼女は椅子から立ち上って勝代らしい女性を迎えた。

テーブルをはさんで小仏と左知子が並んだ。イソが勝代らしい女性を壁に押しつけるように並んだ。

そこへユリがやってきた。彼女は左知子から電話で小仏とイソの正体をきいたようだった。ユリは蒼白い顔をして頭を下げると腰掛けた。

小仏はあらためて勝代らしい女性に氏名をきいた。舞阪勝代だろうといったのだ。女性は赤い唇を嚙《か》んでから、

「そうよ」

といった。その顔をあらためて見ると皺を塗り潰したように化粧は厚かった。

「出身地は浜松市。浜松には弟の真一さんが住んでいて、運送会社をやっている。たった一人の姉のあんたは、真一さんに何年も会っていないようですね」

小仏は勝代の顔をじっと見て話した。刑事時代は上司から、事情聴取のさい、被疑者の顔から目をはなすなと教えられていた。目はものをいう。目の動きで肚《はら》のなかを読み取れともいわれた。

「下田の金目館に勤めていたころのあんたは、人に手紙を書けるようにと、漢字の練習をしていて、同僚から感心な人といわれていた時期もあった。しかしあんたは年齢とともにすれっからしのようになって、人の意見もきかない人になった。しかしそういうあんたを好きになった人がいて、夫婦同様の暮らしをはじめた。好きになった人

は、森下恵介さんだ。彼は奥さんと離婚していたが、腕のいい職工で高給を得ていた。……三十七年前の出来事は忘れていないと思う。あんたは女ざかりだった」

ここで小仏は、コーヒーをブラックで一口飲んだ。白いカップに指をからめている間も勝代からは目をはなさなかった。

「真夏のある夜。あんたは恵介さんと九歳の佳則さんとなに不自由なく暮らしていたのに、家に火をつけた。恵介さんは酒を飲んでいたこともあって熟睡していた。なぜ火をつけたんだ。なぜ恵介さんを殺そうとしたんだ」

サングラスをはずした勝代はぷいっと横を向いた。瞳が行き場を失って迷っていた。

左知子とユリは、勝代に突き刺すような目を向けている。この女は放火をして人を殺しているのかと驚いているようだ。

「自分からはいえないらしいから、私がいおう」

小仏は、ひとつ咳《せき》払いをした。「ある日、森下恵介さんが自宅の金庫の前にすわって、お札を数えているのを、あんたは見たにちがいない。それまでのあんたは、恵介さんとの普通の暮らしを望んでいたのかもしれないが、森下さんが数えている現金を見たときから、人が変わったんじゃないのか」

勝代は横を向いたまま返事をしなかった。

「私は想像でものをいっているんだ。ちがっていたら、ちがっているといってくれ」

勝代は返事もしないし、コーヒーカップに触れようともしなかった。

「あんたは、恵介さんの葬式をすませると、九歳の佳則さんを置いて姿を消してしまった。どこへいったんだ。実家へはいけなかっただろう。なにしろ放火の疑いがかけられていたんだから。それが分かっていたので、どこかでひっそりと暮らしていたにちがいない。事件そのものは時効になっても、そのときの痛みを抱え込んでいる人がいる。それは恵介さんの一人息子の佳則さんだ。……彼は尊敬していた岩田徳造さんに、九歳の夏の悔恨を打ち明けた」

岩田徳造の名が出たからか、左知子とユリは小仏の顔に注目した。彼女らは無言のまま勝代の表情をうかがった。

「岩田徳造さんは、森下佳則さんの話に胸を打たれたと思う。それで、あんたの逃げていったルートを追いかけた。あんたはどこでなにをしていたか知らないが、徳造さんが足跡を嗅ぎつけて近づいてきたのを感じ取ったにちがいない。……徳造さんに会ったことがあったか」

勝代は曖昧《あいまい》な首の振りかたをした。会ってはいないということらしい。

「徳造さんに会ってはいないかもしれないが、彼の行動なんかを細かくつかんだんだろう。そうしてあんたは徳造さんを殺すことを計画した。いろいろな方法を考えたんだろうが、そのうちのひとつ、徳造さんが極秘にしていた行動のスキを衝くことにした。……人を使ったんだろう。ある女を買収したんだろう。まとまった金額を約束し、成功したら支払うことにしたんじゃないのか。どうだ、ちがっているか」

勝代は返事をしなかったが、唇を噛んだ。濃く塗った口紅がはみ出し、口がゆがんで倍ぐらいの大きさになったように見えた。

「人を使って、眠っていた徳造さんを殺させた。そうだろ」

小仏は、左知子とユリの前なので、徳造が寝ていたのは入沢保乃香の部屋、というところを省いた。

「徳造さんは、あんたの身辺を調べていたことをある程度、森下佳則さんに話していたと思う。徳造さんが非業の死をとげると、今度は佳則さんがあんたを追いかけた。警察が徳造さん殺しの犯人を挙げられずにいたからだ。佳則さんはもともとあんたに恨みを抱いていただろうし、徳造さんにあんたの追跡を頼んだのだから、必死であんたの住所や勤め先をさがしていたはずだ。……あんたは佳則さんが接近してきたのを感じ取ったので、始末を考えた。これにも人を使ったにちがいない。どこのだれに佳則さん殺害を頼んだんだ」

勝代は音がするように口元をゆがめた。なにかいいたそうに口元を動かしたが、思いとどまってか目を伏せた。

小仏は外へ飛び出ると大仁署に電話して刑事課につないでもらった。そこには五年前に起きた岩田徳造殺しの捜査本部が置かれている。小仏は電話に出た係官に、目下修善寺で、重大事件の関係者に会っているといって、カフェの場所を伝えた。捜査本部は徳造事件の情報には飢餓状態になっていたにちがいない。

3

小仏は、岩田徳造が殺された事件の重要参考人として、舞阪勝代を大仁署の刑事に引き渡した。これまでに調べて分かったことを詳しく説明したのは勿論である。

小仏にはやらなくてはならないことがあった。会わねばならない人がいるのだった。スナック湯花のホステス・前川《まえかわ》しのぶに電話して、至急会いたいのだといった。彼女は予定でもあってか、

「これからですかぁ」

と語尾を伸ばして、数呼吸のあいだ黙っていた。小仏の要望に応えるべきかを考えていたのではないか。

「赤糸の湯のラウンジで待っています」

小仏は、やや強引ないいかたをした。

一時間後、しのぶは店へ出勤する服装でやってきた。笑顔をつくらずちょこんと頭

を下げただけで、小仏とイソの正面の椅子にすわった。紅茶をオーダーしたがその声は小さかった。

小仏は二分ばかり彼女を見つめた。彼女は肩をすくめた。

「あなたは舞阪勝代さんに会ったことがありましたね」

しのぶはどきりとしたらしく、肩をぴくりと動かした。目を伏せたまま返事をしなかった。

「勝代さんに最初に会ったのは、いつでしたか」

小仏は、追い撃ちをかけた。

しのぶは返事をしなかった。黙っているのは舞阪勝代を知っていた証拠だ。

「勝代さんとは、何回も会ったんですね」

イソがわざとらしい咳払いをしたからか、しのぶは肩を縮め首を動かした。逃げ出したいのだ。逃げ口をさがしているようだ。

「彼女は、最初は客として湯花へきたんだろうね」

小仏は穏やかな口調に変えた。

しのぶは小さくうなずいた。

「勝代さんは、たびたび岩田徳造さんが飲みにくる店なのを知ってきたにちがいない。最初は店のメンバーを確かめにきたんだと思う」

勝代は客を装って何回飲みにきたのかをきいた。

「二回だったと思います」

しのぶは、やっと話す気になったようだ。

「あなたに、店の外で会いたいといったんだろうね」

勝代はなんらかの情報をつかんで、湯花のカウンターへとまったにちがいない。

勝代は二回目にきたときの帰りぎわに、しのぶの耳に、『あなたにちょっとききたいことがあるので、昼間都合つけて』とささやいて、電話番号を書いたメモをにぎらせた。そして、『秘密に』という言葉を繰り返した。

しのぶは、次の日の昼少し前にメモに書かれている番号へ掛けた。

勝代は、すぐにでも会いたい、相談したいことがあるのだ、といった。彼女は、しのぶからの連絡を待っていたようだし、無職のようでもあった。

しのぶは、とっこの湯の近くのカフェを指定した。

約束の時間にしのぶがその店へいくと、勝代は先に着いていた。勝代が着ている物には上質な光沢があった。余裕のある暮らしの人だろうと、しのぶは洋服を見て想像した。

勝代は、「秘密の話」を切り出した。それは岩田徳造に関することで、週に何回ぐらい飲みにくるのか、独りでくるのか、だれかと一緒なのかをきいた。

しのぶは、なぜ徳造の身辺情報を知りたいのかを勝代にきいた。すると勝代は、用意してきたらしい白い封筒をバッグから取り出し、『話をきくので、それのお礼なの』といった。封筒には少し厚みがあったので、一万円や二万円ではなかろうと想像した。

徳造は週に一度は飲みにくることと、独りのこともあるし、三、四人と一緒の日もあることを話し、ホステスの保乃香と親密で、彼はときどき彼女のアパートの部屋へ泊まっていくらしいことを話した。

勝代はしのぶの話を真剣な顔をしてきいた。

その日は一時間ほどで別れた。

しのぶは出勤には少し早かったが、あずかっている鍵を使って店に入った。勝代がくれた封筒の中身が気になっていたので、すぐに開けてみた。なんと十万円が入っていた。なんだか店に勤めているのがバカらしく思われてきた。

勝代からは三日後に電話があって、同じカフェで会いたいといわれた。

その日も勝代は、地味ながら上質の服装をしていた。

『じつをいうとね、わたし岩田徳造に恨みがあるの。どうしても許すことができない恨みが。その恨みを晴らしたいのよ。どうしたらいいかしら』

と、光った目をした。その目は首をすくめたくなりそうな無気味な光りかたをしていた。

しのぶは両手で胸を囲んだ。どうしても許すことができない恨み、と勝代がいった言葉の意味を考えた。勝代のことが怖くなって、逃げ出したくなった。勝代はしのぶの顔に視線を注いだまま、バッグに手を入れ、なかからまた白い封筒を取り出すと、『とっておいて』といって、しのぶの前へ押し出した。すぐに中身を数えたいくらいだった。

『徳造が独りになるのは、いつかしら』

勝代は気やすい仲になったようないいかたをした。

『独りで飲みにきて、帰るときでしょうね』

『彼は、保乃香さんの部屋へ泊まることがあるっていったわね。彼女と一緒に帰るのかしら』

『彼が泊まるというと、保乃香さんはそっとアパートの鍵を渡すんです。わたしは知らないふりをしていますけど、それを見たことがあります』

『というと、徳造は保乃香さんの部屋へ先にいって、お風呂にでも入っているのかしら』

『たぶんそうだと思います』

その日はそこまで話して二人は別れた。白い封筒の中身はその日も十万円だった。

勝代からはまた三日後に連絡があって、いつものカフェで会った。

『だれかいないかしら』
勝代は思いきって切り出したようだった。
『だれかって……』
『徳造をやってくれる人』
『やるって……』
『消すのよ。この世から消えてもらいたいのよ』
しのぶは肚のなかで、『殺せということか』とつぶやいた。
『いないことはないけど』
報酬によっては実行してくれると思うといった。
『若い人……』
『二十歳になったばかり』
『女……』
『女』
『口が固いコでしょうね』
『その点は、大丈夫』
『どういうふうにやるの』
『岩田さんが保乃香の部屋へ泊まるって分かったら、わたしは更衣棚に置いてある保乃香のバッグから部屋の鍵を抜き出して、そのコにあずける。そのコはアパートでコトを終えてもどってくる。スマホにサインを送らせる。わたしはあずけた鍵を受け取ると、よく拭ってから、保乃香のバッグにもどしておく』

『徳造はそのコを知っているの』

『知らないはずです』

『なんていう名のコなの』

『唐木《からき》ナダ』

『どこかの海の名みたいだね』

『本名だそうです』

勝代に名前は教えたが、住所や電話番号は教えなかった。

『手付けを払っておくけど、あとは成功報酬ということにしてもらうわ』

そのときの勝代は二十万円入りの封筒を二つくれた。一つは唐木ナダに渡す分。

八日後、岩田徳造は入沢保乃香の部屋で殺された。手順は、しのぶが練ったとおりだった。

「あんたと唐木ナダは、舞阪勝代から成功報酬をいくらもらった」

小仏は、茶髪のしのぶを突き刺すようににらみつけた。

「百万円ずつという約束」

彼女は顔を伏せて、消え入るような小さな声で答えた。

「警察は、あんたに何度も会いにきただろうね」

「はい。同じことを繰り返しきかれました」

「保乃香さんは、あんたが臭いとは思わなかったのかな」

「わたしは怪しまれるような素振りを、見せませんでしたので」

「ママも、あんたを疑わなかったんだね」

「わたしを疑うようなことをいったことはありません」

「まさか同僚が情報を売ったり、実行の手引きをするとは思わなかったんだ。あんたは、ママも保乃香さんも騙《だま》していたことになるが、岩田さんか保乃香さんに恨みでもあったのか」

しのぶは急に両の拳を胸にあてると、唇を噛んで身震いした。

徳造が店にくると保乃香の態度が変わるのだった。しのぶにはそういう男はいなかった。口には出さなかったが、保乃香が落ち目になる姿を見たいとは思っていた。

4

岩田徳造事件を捜査している刑事は、月に一度はしのぶに会いにきた。ある日はこんなことをいった。

『あなたは保乃香さんのバッグからアパートの鍵を抜き出して、だれかに渡した。鍵をあずかった者はその鍵を持って合い鍵をつくり、すぐに親鍵を返しておいた。そしてあなたは、徳造さんが保乃香さんの部屋へ泊まる日を注意深く観察していた。……やがてその日がやってきたので、犯行を実行する者に合い鍵を渡した。鍵を渡された者は、施錠されていた保乃香さんの部屋へ侵入して、徳造さんを刺し、ドアを施錠して逃げた。……保乃香さんは温和だし、話しかたもやさしげだから客にもてる。あなたは黙っていたし態度にも出さなかったが、肚のなかでは保乃香さんに対して嫉妬の炎を燃やしていた。いつかは保乃香さんを地獄へ落としてやりたかったんだ』と。

しかししのぶは、それは刑事の妄想だといって、首を横に振りつづけた。

事件から三年経つと、刑事はぴたりとこなくなった。店でも徳造事件を話題にする人はめったにいなくなった。

「徳造さんの事件後も、あなたは舞阪勝代に会っているね」

小仏は、一歩踏み出すようにしのぶにいった。

「会っていません」

「勝代から、もう一仕事してもらいたいと頼まれたんじゃないのか」

「いいえ。彼女からは連絡もありませんし」

「徳造さんは、森下佳則さんの話をきいて、勝代をさがし出そうとしていた。その徳造さんが殺された。佳則さんは徳造さんの部下でもあったので、犯人は勝代にちがいないと目星をつけていた。彼は責任も感じていた。それで今度は佳則さんが勝代の足取りを追跡していたんだ。佳則さんも湯花へ飲みにくることがあっただろう。あんたは、徳造さん殺しの犯人について、佳則さんからなにかきいたことがあったんじゃないのか」

「いいえ」

「あんたは、徳造さんの事件後、勝代に会っていないというが、それは嘘だ。一度、殺人を請負った者を放っておくわけがない。弱みをにぎっているのだから脅しが利く。勝代はふたたびあんたの前にあらわれて、もう一人始末したいのだと打ち明けたにちがいない」

しのぶは蒼白になって首を横に振ったが、小仏はかまわずつづけた。

「唐木ナダは、金になることならなんでもやる女だ。だからあんたは彼女を呼びつけて、森下佳則を消す方法を話し合った。下田の自宅へ帰る佳則さんの車に乗っていって、河津七滝を見たいといって車を降りるというやりかたを、あんたが教えたのか」

しのぶは数分のあいだ目を伏せていたが、逃げきれないと思ってか、佳則殺しを自白した。しのぶは店が休みの日曜に、ナダを車に乗せて下見にいった。何年か前、河津七滝見物にいったとき、遊歩道の途中に洞窟があったのを思い出し、それを確認にいった。

濃い灰色の岩に「絹の湯」という小さな札が貼りついているそこに、暗い穴が口を開けていた。穴は左のほうへ緩く曲がっていて、突き当りには温泉が湧いていた。だれも入っていなかった。遊歩道の往還でも人に会わなかった。ナダは現場を見て、顎を引いた。

佳則殺しも計画どおり実行され、テレビでは何回も放送された。

成功報酬を受け取るために、勝代に会っただろうときくと、しのぶは首を横に振った。

佳則が殺された三日後、勝代は報酬を銀行へ振り込むので口座番号をという電話があった。次の日に振り込まれた金額は百万円だった。しのぶの取り分を勝代は忘れたのではないかと思ったが、連絡をしないことにした。報酬のことでいい合いにでもなったら、勝代は殺しにくるのではないかと思ったからだ。

「唐木ナダの住所を教えてくれ」

小仏がいうと、しのぶは彼の顔を見て首を振った。身震いのようだった。

「住所は知りません」

「じゃ、電話番号」

「わたしが教えたことが分かるから、ナダはわたしを殺しにきます」

「殺されりゃしない。あんたはこの場から警察へ連れていかれるんだから、安全だ」

しのぶはもう一度身震いした。

河津七滝は下田署管内だ。

下田署に通報して十分ほど経つと、パトカーのサイレンが近づいてきて、赤糸の湯の前でとまった。下田署員の到着にしては早すぎる。

制服警官が二人、ラウンジへ入ってきた。小仏が立っていって、下田署へ通報した者だと名乗った。制服警官は被疑者の身柄確保にやってきたのだった。

二人の警官は前川しのぶに氏名の確認をしてから椅子から立たせたが、身動きしない男のことが気になって、氏名をきいた。イソのことである。

「あなたは、なにをしているんですか」

体格のいいほうがきいた。

「彼女を見張っていたんですよ」

イソはそういって立ち上がると、パトカーへ連行されるしのぶに未練があるようについていった。

小仏は、しのぶからきき出した唐木ナダの番号へ掛けた。

応答しなかった。見知らぬ者からの電話なので警戒しているのだろう。

五、六分後にもう一度掛けた。今度も応答がなかった。スマホからはなれた場所にいるのではないかと思ったところへ、着信があった。唐木ナダである。

「電話をくれましたけど、どういう方ですか」

声は澄んでいた。

小仏は、フルネームを名乗って、会いたいのだといった。

「どういう方なんですか」

彼女はもう一度きいた。

「東京で小仏探偵事務所をやっている者です」

「東京の人ですか」

「そうです」

「わたしの番号をなぜ知っているんですか」

「お会いしたいので、調べたんです」

「調べた。……調べれば分かるんですか」

「分かるんです」

「会いたいって、どこでですか」

「修善寺にいますので、あなたが指定してくだされば、どこへでもいきますが」

「修善寺のどこにいるんですか」

言葉はぞんざいだ。

「修善寺温泉の赤糸の湯にいます。ご都合がよろしければ、そこのラウンジで」

「赤糸の湯って、大きい旅館なんでしょ」

「まあ大きいほうです」

ナダは、どんな用件なのかをきいた。

「電話ではちょっといいにくいことです。お会いして、詳しくお話しします」

ナダは黙った。こちらの呼吸を測っているようだ。

「探偵だっていいましたね」

「はい」

「なにか調べているんでしょ」

「ある方のことについて、あなたにお話をうかがいたいんです」

「ある方って、だれのこと」

「お目にかかってからお話しします。お食事でもしながら、いかがでしょうか」

ナダは少しのあいだ考えているように黙っていたが、赤糸の湯へいくといった。一時間後の午後八時には着けるとつけ加えた。

小仏は女将に電話した。特別な客を迎えるので個室での食事の用意を頼んだ。

「唐木ナダって、どんな女だろうね」

イソが瞳をくるりとまわした。

徳造事件のころ、ナダは二十歳だったようだ。それから五年近くが経っている。

小仏は、あらためて大仁署に電話した。二件の殺人事件の重要参考人を呼んで食事をすることになった、と伝えた。

三十分後に大仁署員が三人やってきた。これから会う唐木ナダという女性は、二件の殺人事件に関係している、と小仏が三人に話した。

「二件の殺人《コロシ》とは」

四十半ばの警部が緊張した表情できいた。大仁署は数えきれないほどの凶悪事件を抱えてはいないはずだ。二件のうちの一件は岩田徳造事件だと勘付いているのではないか。

小仏は、徳造が殺された事件のからくりと、森下佳則事件をかい摘まんで説明した。警部の後ろに立っている二人は、小仏の話をメモしていた。

大仁署員とはロビーの隅で立ち話していたのだが、

「あの女じゃないかな」

八時三分前に玄関を独りで入ってきた女性をイソが目で指した。

その女性はクリーム色のジャケットを着て、細身のジーパンを穿《は》いている。この赤糸の湯のロビーに入ったのは初めてなのか、左右に首をまわした。身長は一六〇センチぐらいで、痩せぎすだ。

小仏が出ていって、「唐木さんですか」ときいた。ジャケットの下はTシャツらしいが、猫が牙をむいている絵がついていた。

目の前へあらわれた男が、想像とはかけはなれていたのか、女性は小型バッグを抱えて、小仏の顔をじっと見ていた。小仏の面貌《めんぼう》は初対面の人には威圧感を与えるらしいので、彼はおじぎをし、目を細めた。名刺も出した。

「お茶よりもお食事のほうがと思いましたので、用意してもらっています」

階段を使って二階の個室へ案内した。テーブルが据っている部屋へは一歩遅れてイソが入ってきて、名乗った。彼女はまるで珍しい動物にでも出会ったように、イソを上目遣いに見ていた。

すぐに食前酒と突出しが運ばれてきて、飲み物をきかれた。

「赤ワインを」

ナダは細い声で頼んだ。小仏とイソもワインを一杯だけ飲むことにした。

ナダは色白だ。切れ長の目をしていて、鼻筋は細くとおっている。緊張のせいか唇が白く見えた。

5

唐木ナダは空腹だったらしく、突出しと刺身の盛り合わせを、きれいに食べた。箸を置くとワインを飲み干した。

「お酒が好きそうですね」

小仏は目を細めてきいた。

「ワインが好きなんです」

彼女はワインの追加を欲しそうに、空になったグラスを見ていたが、

「ある人の話をします」

と、小仏は彼女の白い顔に目を据えた。

彼女は上目遣いになった。

「その人の名は舞阪勝代。きいたことがありますか」

ナダは上目遣いのまま首を横に振った。

「舞阪勝代という女性は、浜松市生まれです。中学を出るとすぐに下田へやってきて、金目館という料理屋に就職しました。ひまがあると、店のカウンターで漢字の練習をしていた。手紙を書いて送りたい人がいたようです」

野菜の煮物とさざえの壺《つぼ》焼きが運ばれてきた。壺からは湯気が立ちのぼっていた。イソはすぐに箸を持ったが、小仏が横から足を蹴った。イソはなにかいおうとしたようだが、小仏の横顔を見てそっと箸を置いた。

「勝代は二十八歳のとき、夫婦同様の暮らしをしていた森下恵介さんが持っている多額の現金を自宅で見てしまった。多額の現金を見てびっくりする人は少なくないだろうが、勝代はその現金を欲しくなった。恵介さんが持っている現金を、自分のものにするにはどうしたらいいかを考えたにちがいない。ひとつの知恵が浮かんだ。それは住んでいる家に火をつけて、恵介さんを殺す方法だった。……彼女は真夜中に計画どおり家に火をつけた。寝込んでいた恵介さんは近所の人たちに助け出されたが、大怪我をしていて、入院中に死亡した。……そのとき恵介さんには九歳の男の子がいた。男の子は眠っていたが、勝代に起こされて外へ飛び出したために助かった。勝代も無傷だった。……勝代は、恵介さんの葬式がすむと姿を消した。警察や消防から出火原因についての追及を受けることはまちがいなかったからだが、金庫にしまわれていた現金を盗み出していたからだ」

小仏とイソが箸を使わないので、ナダは料理をにらんだまま手を出せないでいた。

小仏はナダの表情を見ていたが、少し間をおいてつづきを話しはじめた。

「下田の放火殺人事件から三十年近くが経った。富士岡建設の岩田徳造さんは、部下の森下佳則さんから、自宅が焼けて、その火事で父が大怪我をして、死亡した話をきいた。佳則さんは、警察が捕まえられなかった勝代を捕まえたいと相談した。近ごろ、無念だ、と顔をゆがめる父親の夢を見るようになった、といったかもしれない。……佳則さんの話に徳造さんは胸を打たれ、思いつく方法で、勝代が歩いたと思われる道をたどった。その調査が未熟だったのか、勝代は、忍び寄ってくる者がいることに勘付いた。そのため接近してくる者がだれかを逆に調べた。徳造さんの調査よりも勝代の調査のほうがまさっていたらしく、自分を嗅ぎつけてきた人物を突きとめた。それは岩田徳造さんだった。つまり岩田徳造さんを、きわめて危険な人物と見て取ったんだ」

小仏が話しつづけているのに、ナダはバッグを胸に押しあてた。椅子を後ろへ引く音をさせて立ち上がった。

「わたし、帰る」

と、目尻を吊り上げた。

「あんたは、帰れないよ」

小仏は、立ち上ったナダの顔を見上げた。

ナダの目は殺気立っていた。

隣室で聞き耳を立てて成り行きをうかがっていた三人の刑事が、足音をさせて入ってきた。警部が身分証を見せ、「大仁署へ同行してもらいます」と、唾を飛ばすようないいかたをした。

「なんだよ。やりかたが、汚いじゃない」

ナダは三人の刑事をにらみつけた。

「文句は署できく」

警部がいうと、二人の刑事は彼女の両側へ立った。

「探偵だっていうから、きたのに」

彼女は、騙し討ちに遭わされたと駄々をこねたいらしかった。

「あんたのやったことは、前川しのぶが全部喋った。文句は、しのぶにいうんだな」

小仏は腹に力を込めていった。

刑事にはさまれて個室を一歩出たところでナダは小仏を振り向いた。肚のなかでは、「殺してやる」といったのかもしれない。

小仏とイソは階段の上から、連行されていく唐木ナダを見送った。

彼女を見送っていたのは二人だけではなかった。女将が近寄ってきて、

「ひと仕事終えたようですね」

と、小仏の背中にいった。

女将は小仏たちのきょうの仕事をききたがっていた。

個室へ入り直した。ワインが運ばれてきた。

ナダがすわっていた椅子に女将が腰掛け、三人は乾杯した。

きょうは舞阪勝代と前川しのぶと唐木ナダの三人を警察へ引き渡した。女将は三人の犯行を話してくれといった。小仏は、刺激に飢えている口に熱湯を注ぐように、自宅を放火されたうえに火事の怪我で死亡した森下恵介、愛人が寝る布団のなかで殺された岩田徳造、恵介と徳造殺しを追及しようとしていたことが犯人に知られて、洞窟のなかでむくろにされた森下佳則の事件を、分かりやすく語ってやった。女将は小仏の話を肴にしてワインを飲んでいたが、

「ユリは、なにか理由があってここに勤めているんだろうとは思っていたけど、おじいさんの事件の犯人をさがそうとしていたとは」

といって、赤い毬《まり》のついた帯に手の平をあてた。

あすは、ユリの母親の左知子が女将に会いにくることになっているという。

「うちは人手が不足しているので、ユリのお母さんにも勤めてもらおうかしら」

それがいい、と小仏はいって横のイソを見ると、半ば口を開けて舟を漕いでいた。

イソを叩き起こして部屋の布団に寝かすと、小仏は大風呂でふんだんに湯をかぶった。

仕切りの広いガラスの向こうを見ていると、白いものがちらりちらりと動いていた。

今夜も翁が、露天風呂の黒い岩に腰掛けているようだ。

小仏はからだを洗ってから露天風呂へ移った。

「やあ、夜中まで、お仕事ご苦労さま。きょうは晴れやかなお顔だが、なにかいいことでもありましたか」

湯面に首だけ出している小仏に、翁は岩の上からいった。

小仏は両手に湯を汲んで顔に流した。


翌朝、一階のロビーで新聞を広げていた小仏に、静岡県警刑事部管理官が電話をよこした。

「前川しのぶの父親は、八年前まで富士岡建設に勤めていました」

小仏はスマホをにぎり直すと姿勢を正した。管理官の声と話しかたが厳《おごそ》かだったからである。

「しのぶの父親の前川十次《じゅうじ》は、道路工事の現場の班長でした。激しい雨が降ったせいもあって掘った道路の一部の土砂が崩れました。現場監督だった岩田徳造は、崩れた土砂を掘り返す作業を前川に指示した。その作業は夜間におよんだのですが、深夜になってふたたび土砂崩れが起こり、前川はその土砂に埋まって、死亡しました」

「前川十次は、岩田徳造の部下だったんですね」

「そうです。その事故については、社長の高柴さんに確認しました」

新たな事実が判明したらまた知らせる、と管理官はいって電話を切った。

小仏はイソにハンドルをにぎらせて、きょうも天城越えをした。下田へいったのだ。徳造の妻の安江を訪ね、金色に輝いた仏壇の位牌に向かって焼香した。

そのあと、ペリーロードの浜内トネに会いにいった。九歳だった森下佳則をあずかって育てた人である。

きょうのトネは、小仏とイソを座敷へ招いた。そこにも大型の仏壇が据っていた。森下恵介と真新しい佳則の位牌が立っていた。

トネは厚い座布団に正座すると、それまできいたことのないような張りのある声で経を唱えはじめた。その経は長くて、正座した足がしびれた。トネの読経がすんだとき、イソは額に唾をつけた。立つことができなかったのである。

「小仏さん。わたしを爪木崎《つめきざき》へ連れていってください」

イソが爪木崎を検索した。

「冬の花のスイセンの名所とあります」

水仙まつりは十二月二十日から二月十日までの開花期に催されているという。

「爪木崎で、なにを」

小仏がトネにきいた。

「なにか変わったことがあると、いく場所です。そこの岩の上から海に向かってお経を上げたいの」

海に突き出した岩の上で手を合わせるトネの姿を想像した。

トネは薄い布のコートを羽織った。それは僧侶の衣のようにも見えた。


修善寺から東京にもどって四日がすぎた。

エミコはきのうから新潟へ里帰りしている。ゆっくりしていればいいといってあるが、朝と夕方は、変わったことはないか、と電話をよこす。

イソは読んでいた週刊誌を放り出すと、天井に向かって口笛を吹いた。

「屋内で口笛を吹くな。外へいって吹きまくってこい」

「吹きまくって、なんて、へんないいかた」

デスクの電話が鳴った。仕事の依頼であることを願って小仏が応じた。

相手は修善寺にいる岩田左知子だった。

赤糸の湯の女将から勤めてもらえないかといわれたが、旅館勤務には自信がないので断ったという。

「じつは、和菓子屋の米倉さんからも、勤めてくれないかといわれているんです」

彼女は思案中だといったが、何日か後には米倉の店で、菓子の包み方を教えられているのではないかと、小仏は間もなく五十歳になるという左知子の薄い肩を思い浮かべた。

2018年4月　ジョイ・ノベルス（実業之日本社）刊

本作品はフィクションであり、実在の個人および団体とは一切関係ありません。（編集部）

実業之日本社文庫　最新刊

相場英雄
ファンクション7
新宿の雑踏で無差別テロ勃発。その裏には北朝鮮のテロリストの影が……。北朝鮮、韓国、日本を舞台に、人々の生きざまが錯綜する、社会派サスペンス！
あ93

梓林太郎
天城越え殺人事件　私立探偵・小仏太郎
伊豆・修善寺にある旅館で働く謎の美女は何者？　身元調べを依頼された小仏だが、女の祖父が五年前に殺されていたことを知り――傑作トラベルミステリー。
あ315

いぬじゅん
今、きみの瞳に映るのは。
奈良ケーブルテレビの新入社員・樋口壱羽は、社運を賭けたある番組のADに抜擢されるが……!?　世界を震撼させるラスト、超どんでん返しに、乞うご期待！
い181

沖田円
雲雀坂の魔法使い
ある町の片隅、少女のような魔法使いが営む『雲雀坂魔法店』。切実な苦悩や過去を抱えながらそこを訪れる人々との、切なくも心温まる物語は感涙必至!!
お111

倉阪鬼一郎
お助け椀　人情料理わん屋
江戸を嵐が襲う。そこへ御救い組を名乗り、義援金を募る僧達が現れる。その言動に妙なものを感じ、正体を探ってみると――。お助け料理が繋ぐ、人情物語。
く49

今野敏
排除　潜入捜査〈新装版〉
日本の商社が出資した、マレーシアの採掘所の周辺住民が白血病に倒れた。元刑事が拳ひとつで環境犯罪に立ち向かう、熱きシリーズ第2弾！（解説・関口苑生）
こ215

実業之日本社文庫　好評既刊

梓林太郎
松島・作並殺人回路　私立探偵・小仏太郎
尾瀬、松島、北アルプス、作並温泉……モデル謎の死の真相を追って、東京・葛飾の人情探偵が走る！　待望の傑作シリーズ第1弾！（解説・小日向 悠）
あ３１

梓林太郎
十和田・奥入瀬殺人回流　私立探偵・小仏太郎
紺碧の湖に映る殺意は、血塗られた奔流となった！――東京下町の人情探偵・小仏太郎が謎の女の影を追う、傑作旅情ミステリー第2弾。（解説・郷原 宏）
あ３２

梓林太郎
信州安曇野　殺意の追跡　私立探偵・小仏太郎
北アルプスを仰ぐ田園地帯で、私立探偵・小仏太郎と安曇野署刑事・道原伝吉の強力タッグが姿なき誘拐犯に挑む、シリーズ最大の追跡劇！（解説・小梛治宣）
あ３３

梓林太郎
秋山郷　殺人秘境　私立探偵・小仏太郎
女性刑事はなぜ殺されたのか!?「最後の秘境」と呼ばれる秋山郷に仕掛けられた罠とは――人気ミステリーシリーズ第4弾。（解説・山前 譲）
あ３４

梓林太郎
高尾山　魔界の殺人　私立探偵・小仏太郎
この山には死を招く魔物が棲んでいる!?――東京近郊の高尾山で女二人が殺された。事件の真相を下町探偵が解き明かす旅情ミステリー。（解説・細谷正充）
あ３５

実業之日本社文庫　好評既刊

梓林太郎
富士五湖 氷穴の殺人 私立探偵・小仏太郎
警視庁幹部の隠し子が失踪!? 大スキャンダルに発展しかねない事件に下町探偵・小仏太郎が奔走する。傑作トラベルミステリー!（解説・香山二三郎）
あ36

梓林太郎
長崎・有田殺人窯変 私立探偵・小仏太郎
刺青の女は最期に何を見た――? 警察幹部の愛人を狙う猟奇殺人事件を追え! 下町人情探偵が走る、大人気トラベルミステリーシリーズ!
あ37

梓林太郎
旭川・大雪 白い殺人者 私立探偵・小仏太郎
北海道で発生した不審な女性撲殺事件。解決の鍵は、謎の館の主人が握る――? 下町人情探偵が事件に挑む! 大人気トラベルミステリー!
あ38

梓林太郎
スーパーあずさ殺人車窓 山岳刑事・道原伝吉
新宿行スーパーあずさの社内で男性が毒殺された。山岳刑事・道原伝吉は死の直前に彼と会話をしていた謎の女の行方を追うが――。傑作トラベルミステリー!
あ39

梓林太郎
姫路・城崎温泉殺人怪道 私立探偵・小仏太郎
冷たい悪意が女を襲った――! 衆議院議員の隠し子失踪事件と高速道路で発見された謎の死体の繋がりは? 事件の鍵は兵庫に…傑作トラベルミステリー。
あ310

実業之日本社文庫　好評既刊

梓林太郎
爆裂火口　東京・上高地殺人ルート
深夜の警察署に突如現れた男は、頭部から血を流しながら自らの殺人を告白した。事件の手がかりは「カズコ」という謎の女の名前だけ…傑作警察ミステリー！
あ3 11

梓林太郎
函館殺人坂　私立探偵・小仏太郎
美しき港町、その夜景に銃声が響いた――。謎の女の存在がこの事件の唯一の手がかり？　人情探偵よ、逃亡者の影を追え！　大人気トラベルミステリー。
あ3 12

梓林太郎
反逆の山
拳銃を持った男が八ヶ岳へと逃亡。追跡が難航するなか、拳銃の男から捜査陣にある電話がかかってくる。犯人と捜査員の死闘を描く長編山岳ミステリー
あ3 13

梓林太郎
遠州浜松殺人奏曲　私立探偵・小仏太郎
静岡・奥浜名湖にある井伊直虎ゆかりの寺院で倒れていた男に名前を騙られた私立探偵・小仏太郎。謎の男の正体をさぐるが意外な真相が…傑作旅情ミステリー！
あ3 14

阿川大樹
終電の神様
通勤電車の緊急停止で、それぞれの場所へ向かう乗客の人生が動き出す――読めばあたたかな涙と希望が湧いてくる、感動のヒューマンミステリー。
あ13 1

実業之日本社文庫　好評既刊

阿川大樹
終電の神様　始発のアフターファイブ
ベストセラー『終電の神様』待望の書き下ろし続編！終電が去り始発を待つ街に訪れる5つの奇跡を、温かな筆致で描くハートウォーミング・ストーリー。
あ13 2

阿川大樹
終電の神様　台風の夜に
ターミナルの駅員、当直明けの外科医、結婚式を予定しているカップル――台風で鉄道が止まる一夜、それぞれの運命が動き出す。感動のベストセラー新作！
あ13 3

五木寛之
スペインの墓標
激情と反抗と狂気に彩られた60～70年代。そのときを男たちはどう生きたか、そして女たちは？　いま甦る黄金期の海外ロマン傑作集。（解説・齋藤愼爾）
い4 1

五木寛之
生かされる命をみつめて〈自分を愛する〉編　五木寛之講演集
五木寛之は語る――孤独であることもわるくない。絶望状態でもユーモアを。著者が50年近くかけて聴衆に語った言葉の数々は、あなたに何をもたらすか。
い4 2

五木寛之
生かされる命をみつめて〈見えない風〉編　五木寛之講演集
五木寛之は語る――この世で唯ひとりの自分へ。脳、宗教、医学も、悲しみや人間の死、深刻な話も軽く語る著者のライブ感覚で読者の心が軽くなる。
い4 3

実業之日本社文庫　好評既刊

池井戸 潤
空飛ぶタイヤ
正義は我にありだ――名門巨大企業に立ち向かう弱小会社社長の熱き闘い。『下町ロケット』の原点といえる感動巨編！（解説・村上貴史）
い11 1

池井戸 潤
不祥事
痛快すぎる女子銀行員・花咲舞が様々なトラブルを解決に導き、腐った銀行を叩き直す！　テレビドラマ「花咲舞が黙ってない」原作。（解説・加藤正俊）
い11 2

池井戸 潤
仇敵
不祥事を追及して職を追われた元エリート銀行員・恋窪商太郎。彼の前に退職のきっかけとなった仇敵が現れた時、人生のリベンジが始まる！（解説・霜月 蒼）
い11 3

伊兼源太郎
密告はうたう　警視庁監察ファイル
警察職員の不正を取り締まる警視庁人事一課監察係の佐良は元同僚・皆口菜子の監察を命じられた。彼女とはかつて未解決事件での因縁が…。（解説・池上冬樹）
い13 1

内田康夫
砂冥宮
忘れられた闘いの地で、男は忽然と消えた――。死の真相に近づくため、浅見光彦は三浦半島から金沢へ。待望の初文庫化！　著者自身による解説つき。
う1 2

実業之日本社文庫　好評既刊

内田康夫
風の盆幻想
富山・八尾町で老舗旅館の若旦那が謎の死を遂げた。警察の捜査に疑問を抱く浅見光彦と軽井沢のセンセの推理は？　傑作旅情ミステリー。（解説・山前　譲）
う13

内田康夫
しまなみ幻想
しまなみ海道に架かる橋から飛び降りた母の死に疑問を抱く少女とともに、浅見光彦は真相究明に乗り出すが……。美しい島と海が舞台の傑作旅情ミステリー！

う15

風野真知雄
東海道五十三次殺人事件　歴史探偵・月村弘平の事件簿
先祖が八丁堀同心の名探偵・月村弘平が解き明かす、東海道の変死体の謎！　時代書き下ろしの名手が挑む初の現代トラベル・ミステリー！（解説・細谷正充）
か12

風野真知雄
「おくのほそ道」殺人事件　歴史探偵・月村弘平の事件簿
俳聖・松尾芭蕉の謎が死を誘う!?　ご先祖が八丁堀同心の若き歴史研究家・月村弘平が恋人の警視庁捜査一課の上田夕湖とともに連続殺人事件の真相に迫る！

か16

風野真知雄
坂本龍馬殺人事件　歴史探偵・月村弘平の事件簿
〈現代の坂本龍馬〉コンテストで一位になった男が殺された。先祖が八丁堀同心の歴史ライター・月村弘平が、幕末と現代の二人の龍馬暗殺の謎を鮮やかに解く！

か17

実業之日本社文庫　好評既刊

風野真知雄
東京駅の歴史殺人事件　歴史探偵・月村弘平の事件簿
東京駅で連続殺人事件が起きた。二つの事件現場はかつて二人の首相が暗殺された場所だった。月村と恋人の刑事・夕湖が真相に迫る書下ろしミステリー！
か18

風野真知雄
葛飾北斎殺人事件　歴史探偵・月村弘平の事件簿
天才絵師・葛飾北斎ゆかりの場所で相次いで死体が発見された。名画が謎を呼ぶ連続殺人の真相は⁉　ご先祖が八丁堀同心の歴史探偵・月村弘平が解き明かす！
か19

今野敏
マル暴甘糟《あまかす》
警察小説史上、最弱の刑事登場⁉　夜中に起きた傷害事件は暴力団の抗争か半グレの怨恨か。弱腰刑事の活躍に笑って泣ける新シリーズ誕生！（解説・関根亨）
こ2 11

今野敏
男たちのワイングラス
酒の数だけ事件がある——茶道の師範である「私」が通うバーから始まる8つのミステリー。『マティーニに懺悔を』を原題に戻して刊行！（解説・関口苑生）
こ2 12

今野敏
マル暴総監
史上〝最弱〟の刑事・甘糟が大ピンチ⁉　殺人事件の捜査線上に浮かんだ男はまさかの……痛快〈マル暴〉シリーズ待望の第二弾！（解説・関口苑生）
こ2 13

実業之日本社文庫　好評既刊

今野 敏
潜入捜査　新装版
今野敏の「警察小説の原点」ともいえる熱き傑作シリーズが、実業之日本社文庫創刊10周年を記念して装いも新たに登場！ 囮捜査の行方は…。（解説・関口苑生）
こ214

西村京太郎
十津川警部捜査行 車窓に流れる殺意の風景
女占い師が特急列車事故が起きると恐ろしい予言をした。十津川警部が占い師の周辺を調べると怪しい人物が…傑作トラベル・ミステリー集。（解説・山前 譲）
に120

西村京太郎
若狭・城崎殺人ルート
天橋立行きの特急爆破事件は、美由紀が店で出会った男が犯人なのか？ 疑いをもつ彼女のもとに十津川班が訪れ…緊迫のトラベルミステリー。（解説・山前 譲）
に121

西村京太郎
札沼線の愛と死 新十津川町を行く
殺人現場の雪の上には、血で十字のマークが。さらに十津川警部に謎の招待状⁉ 捜査で北海道新十津川町へ飛ぶが、現地は魔法使いの噂が⁉（解説・山前譲）
に122

西村京太郎
二つ《ダブル》の首相暗殺計画
総理大臣が入院している大病院の看護師殺人事件の裏に潜む、恐るべき陰謀とは⁉ 十津川警部が秘められた歴史と事件の扉をこじ開ける！（解説・山前 譲）
に123

実業之日本社文庫 あ 3 15

天城《あまぎ》越《ご》え殺人事件《さつじんじけん》 私立探偵《しりつたんてい》・小仏太郎《こぼとけたろう》

2021年4月15日　初版第1刷発行

著　者　梓《あずさ》 林太郎《りんたろう》

発行者　岩野裕一
発行所　株式会社実業之日本社
〒107-0062　東京都港区南青山 5-4-30
CoSTUME NATIONAL Aoyama Complex 2F
電話 [編集]03(6809)0473 [販売]03(6809)0495
ホームページ https://www.j-n.co.jp/
DTP　ラッシュ
印刷所　大日本印刷株式会社
製本所　大日本印刷株式会社

フォーマットデザイン　鈴木正道(Suzuki Design)

ISBN978-4-408-55652-9（第二文芸）